锐
小说

天 吾 手 记

双雪涛 著

南方出版传媒
花城出版社
中国·广州

图书在版编目（ＣＩＰ）数据

天吾手记 / 双雪涛著. -- 广州：花城出版社，
2016.5（2021.3重印）
（锐·小说）
ISBN 978-7-5360-7910-6

Ⅰ．①天… Ⅱ．①双… Ⅲ．①长篇小说－中国－当代
Ⅳ．①I247.5

中国版本图书馆CIP数据核字(2016)第071620号

出 版 人：肖延兵
责任编辑：文　珍　　周思仪
技术编辑：薛伟民　　凌春梅
封面设计：棱角视觉 ANGULAR VISION

书　　名	天吾手记 TIAN WU SHOU JI	
出版发行	花城出版社（广州市环市东路水荫路11号）	
经　　销	全国新华书店	
印　　刷	佛山市浩文彩色印刷有限公司（广东省佛山市南海区狮山科技工业园A区）	
开　　本	880毫米×1230毫米　32开	
印　　张	9.375　2插页	
字　　数	171,000字	
版　　次	2016年5月第1版　2021年3月第3次印刷	
定　　价	35.00元	

如发现印装质量问题，请直接与印刷厂联系调换。
购书热线：020-37604658　37602954
花城出版社网站：http://www.fcph.com.cn

最要紧的是,我们首先应该善良,其次要诚实,再其次是以后永远不要相互遗忘。

——陀思妥耶夫斯基《卡拉马佐夫兄弟》

目 录

一	照相机和猫城	1
二	存档-1 警察蒋不凡	19
三	铁心脏和下旋球	55
四	存档-2 后进生安歌	81
五	长寿烟和情人糖	111
六	存档-3 女人穆天宁	151
七	桃乐丝和狄金森	193
八	存档-4 老板本人	227
九	淡水河和太平洋	259
十	介入者的使命	275
十一	最后的存档	287
	后 记	293

一　照相机和猫城

一百小时之后,死亡就要来临,这是站在台北街头的李天吾知道的为数不多的几件事情之一。

已经在台北转了一天,毫无线索。不得不说,这是一座相当令人舒适的城市。除去建筑本身的美观,高大的楼群与矮小的咖啡馆相得益彰,日式的总统府周围充满了风格迥异的中式建筑,街道整洁。成群结队的机车在巨大广告板底下涌过,湿润的风在楼宇之间盘旋,人们泰然自若地走动,毫不慌张,目不斜视,两只手应着某种韵律轻摆。自在,从来没有人告诉他,这些人看起来如此自在。

街上走过这么多自在的人,可他一个也不认识。

他伸手摸了摸腰上的手枪,那是维持他体面的最佳方式。一把小巧的半自动手枪,装有八发子弹,重量四百八十克,每颗子弹三十五克,只需要三十五克就可以把他送去另一个世界。需要细致的操作才好,按下扳机的一刻要绝对果断,才能把后坐力对于精确度的影响降到最小,子弹通常不会像电影一样，横贯大脑，从另一个太阳穴飞出来，大脑虽然给人一种虚无其中的印象，其实里面的组织十分厚密，大约一百二十亿个脑细胞集聚成一个墙体，子弹会在里面形成一个梭形的血槽，做三到四个前空翻，然后停留在鼻腔左右的位置。与从嘴里发射不同的是，头骨不会完全飞出去，而是会碎成几个大块，但是仍保持着似乎完整的假象，只不过脑浆和血水会从鼻子耳朵和嘴巴流出来，不过没关系，只要入殓师仔细地擦净，看上去就和一个心脏病突发的年轻尸体没什么区别。

　　太阳落到他的眼前。一轮几乎完美的落日在两楼之间缓缓落下，带着某种自然界的庄严，如同一个老去的时代，虽然落幕，余威尚存。他注视着这个陌生的太阳，和故乡的完全不同，家乡的太阳若是在盛夏，光芒四射，显得浮夸，若是在冬日，就算你完全被阳光笼罩，也没有多少暖意，它只是每天按时上班，并没有履行自己的工作，或者说是已经变成了傀儡，垂帘听政的是漫布四周的寒冷空气。而这里的太阳，即使就要落山，也带着温润的诗意，并不是告别，而是暂且小憩，打一个惬意的盹，不久就会再来。他有了和人拥抱的念头，在离开这里之前。他想在这个好像兄长一样的太阳的余晖里，在这个没人认识他，而注定要离开的地方，敞开心扉和双臂，与人拥抱，把头放在对方的发际，把手锁在对方的腰间，身体完全贴在一处，交换彼此生理上的气息和心理上的密码。他站了起来,闭上眼睛,幻想自己向着机车和行人交错涌动的马路,努力伸展双臂,抻开胸骨,好像想要用手指尖触到两辆平行行驶的列车。面前有棵大树就好了,真够傻逼啊,他心想,这个动作的精髓是放下所有防备。

"你在干嘛?"

他吓了一跳,睁开眼睛,面前站着一个女孩儿,穿着薄薄的毛衣和格子衬衫,腿上是一条深色的牛仔裤,两条腿上各有一个窟窿,露出白色的肌肤。头发黝黑,用一朵深红的绸子系在脑后。他发现,这个女生长着一双好像深井一样的眼睛,只是深井上面好像飘着雾气。

看起来只有十八九岁年纪。

李天吾有些狼狈,双手下意识地张开了,他一时不知道该怎么解释,张开嘴舌头在口腔里动了动,没有发出声音。他下意识指了指自己的嘴巴,这个动作的意思是,他是一个内地人,说起话来十分难听,还是不说为好。女孩儿凑近了一点,看着他的嘴一张一合,说:"那么你耳朵能听见吗?"李天吾马上点头,然后明白,女孩儿把他当成哑人了。他想,过不了几分钟,我和这个女孩儿就要分别,就算她把我看成一只拉布拉多犬又有什么关系呢?他便指了指自己的嘴巴和耳朵,摇了摇头。女孩儿忽然拉住他的手说:"不要怕,我可以带你回家,我能懂你的意思。"李天吾心想,这下完蛋了,我的表演太拙劣,她不但以为我没法讲话，还以为我的脑筋有问题，迷了路。可是她的手很软。死亡，或者更准确说叫做回去，就在不远处的事实也又在脑海中浮凸出来，这只陌生的小手就好像儿时哭泣中妈妈突然送到手里的糖果一样，不是因为糖果多么香甜，而是突然有个东西来到你的身体环绕之内，使人有了安全感。李天吾远行的孤独感，无法完成心愿的挫败感，迟早要离开的无力感，一时间都挤在眼眶。哭泣这件事对于他来说极其罕见，应该说成年之后绝无仅有，也许正是因为这样，泪水极其硕大，奔涌而出，转瞬之间便流经了整个脸庞，若他此时躺下，眼泪一定像喷泉一样壮观。女孩儿没有惊慌，好像一切都在预料之中，虽然面前站着一个看起来瘦削硬朗的男人，可他的心智一定和五六岁的小孩子差不多。小孩子的特点就是自己委屈时不哭，等到面前有大人时才哭。

　　女孩儿把李天吾抱住，就在此时，天吾的心里忽然升起一丝异样，不知道为什么，虽然李天吾比女孩儿要高出一个脑袋，可两人的身体十分贴合，每一寸都和对方的那一寸丝丝入扣，像一对虎符，流落日久，终成一体。李天吾马上警惕起来，眼泪也止住了。他松开胳膊，用袖子擦干了眼泪，伸出一只手，食指和中指做走路状，另一只手拍了拍胸脯，意思是：请放心，我可以自己走路回家。然后双手合十，给女孩儿深深地鞠了一躬。女孩儿扯住他的袖子，说："不要走，你知道我为什么在人群里发现你了吗?"李天吾再一次展开了双手,意思是我这个姿势实在有点招人注意。女孩儿指着他背后说:"对啊,你站在这里好像耶稣耶。"天吾转过身,原来身后是一座教堂,有三层楼高,镶着彩绘的玻璃,墙砖看起来极厚,他的身体正对是一扇暗红色的木门,木门上面,越过三排玻璃,越过所有的墙砖,在教堂的顶端是一个白色的十字架。身后竟然是座教堂,虽然看高度,不是他要找的那座,可它一直在他的身后,他竟没有一点察觉。女孩儿说:"你先不要走,再等几分钟好不好?"天吾不知道该怎么拒绝,女孩儿的声音伴着一双深井一样的眼睛,让他没法像两只手指一样迈步走开。太阳已经完全落下去了,街灯一盏一盏亮起,好像有一只看不见的手拿着火柴逐个儿把灯芯点燃。天吾望着逐渐亮起的街灯,想起家乡冬天的大雪,鹅毛大雪,漫天飞舞,可只有在街灯底下的最美,那束光好像舞台一样,雪花们穿过舞台时肆意起舞,谢幕的地方就是灯下灰暗的土地。突然教堂里响起了钟声,悠远的好像来自于地下几千米处,钟声清楚而缓慢地响了六下,停了下来。一群孩子在教堂里面唱起了歌:

> 大山可以挪开,小山可以迁移,
> 但神对人的大爱,永远不更易,
> 祂使过犯离我,远似东离西,
> 祂使慈爱临我,高如天离地,

被压伤的芦苇，祂总不折断。
将残灭的灯火，祂总不吹熄，
天上飞的麻雀，一个也不忘记，
野地生的小花，妆饰多美丽。
日头照耀好人，也照耀歹人，
降雨赐给义人，也给不义人；
这爱长阔高深，一视皆同仁，
但愿万人得救，不忍一沉沦。

圣诗！好像开始有了眉目。新鲜的血液好像又回到了他的心脏和大脑。

"很美是吧？"

天吾点头，歌声已经停下来，教堂里面传出了脚步声，一群穿着黑色袍子的孩子推开重重的木门走出来，好像一群黑色的鸟儿低飞在城市的街道上。他们互相轻快地说着话，一个女孩儿不知道说了什么突然从人群里跑开，另一个男孩儿提着袍子追过去，女孩儿已经跳到了一辆公交车上，从窗子里伸出头做着鬼脸。

教堂的门随着公车的驶离已经紧闭。女孩儿的脸在暮色里，显得更加年轻，就算太阳落去，她还是有一张青春俏丽的面庞。但是同时李天吾发现，女孩儿脸颊好像有隐约的不真实之处，具体哪里不真实，他又说不上来。

"那么，我们可以走了吗？"

他再次伸出两只手指摆动。

"不可以,你一定会走丢。如果你不喜欢我的话,我可以叫警察来。"

李天吾可不想在这里碰到同行,以他这样的状态,只要一个三流警察就可以看出无数的破绽,他可不想在逃跑时被台北的同行用陌生的子弹了结。

那就一起走到宾馆去吧,他想,没什么非分之想,只是一起走到宾馆门前,我就开口说话,就算她扇了我一巴掌也没关系。他看了一眼女孩儿的手,十分小巧,好像一只大猫的手,而不是一只小人的手,打在脸上应该不会太疼。不过就算是手,也好像在某种意义上有些不真实,一定是我的眼睛在暮色里出了问题,可是一个警察是经常要检查身体的,如果患了夜盲症可不是闹着玩的,每到黄昏疑犯就消融在沉沉的暮霭里,无法看清,岂不是十分难办?疑犯可一般都是在那个时候走上街头的。可他转念一想,这是一个完全不同的世界,虽然曾经在同一个时间的坐标轴上,可因为在某一个特别的时刻,有人扳动了轨道转换器一样,使内地和岛屿各自踏上了自己的时间维度,即使是在一个空间里,经常有人,金钱,货物的来往,可其实早已经不在一个时间里了。那在这个世界里,无论发生什么,又有什么好奇怪的呢?这是一个跑在我身前的世界。

李天吾指了指自己宾馆的方向,然后示意女孩儿跟上他。女孩儿露出笑容,跟着他的步子走起来。其实只有大约两千米的距离,他故意把脚步放慢,构思怎么问圣诗的事情,可他走得越慢,看起来越像是智力有问题的人。

"你叫什么名字?"

天吾歪头,发现女孩儿已经从背着的书包里拿出纸笔,原来她背着书包,怪不得刚才拥抱的时候感觉到手被什么东西挡开,没法触及她的后背。

他接过纸笔,努力回忆小学时候的字迹,写上:小吾。他毫不犹豫写上这两个字,其实很少有人这么叫他,妈妈会叫他李天吾,字正腔圆,好像只有点出全名才不会和别人弄混。同事们有人叫他吾子,取痦子的谐音,倒没什么问题,他脸上根本就没有痦子,所以不算是取笑。到底是谁曾经叫过他小吾,他一时想不起来了。

"小吾,小吾,是小小的自己的意思吗?很好玩的名字。"

天吾笑了笑,这他倒是没有想到,于是点了点头。然后指了指她。

"我叫小久,男生的名字,地久天长的久,这个久说久了其实很烦。"

才十几年就已经心烦,果然是小孩子,他心里想。

来到宾馆的门口,小久十分诧异地看着他。

到了该结束的时候,天吾不知道第一句话该说什么,也许应该说,请你用你小巧的右手击打我的脸颊吧,我是一个可耻的骗子。或者,非常感谢你,就是刚才一瞬间,我突然能够说话了,这是拥抱的力量。

"为什么你会住在这里?"

天吾这次不是表演,而是突然语塞,因为确实一言难尽。

小久把纸笔递过来:"你住在几号房间?"

"409。"

小久看着纸上的数字,许久没有说话。

"真奇怪,我就住在你隔壁。你喜欢那首圣诗对吗?"

点头。

"你也是从家里逃出来的对吗?"

点头,确实可以这么说。

"你和我一样,不想回去,或者说,不能回去了,对不对?"

点头,如果回去的地方指的是他出生长大的城市的话,确实正确。

"你有想去的地方吗?"

摇头,目前没有目标。

"小吾,我有个奇怪的想法,或者说,我有个奇怪的请求,你逃出来,没有地方要去,我逃出来,有地方可以去,而且必须去,但是我需要一个帮手,你不要害怕,不是很难,只需要按一个按钮就可以。也许我们应该一起去,当然你也可以拒绝我,不知为什么,我突然有了这个念头。"

李天吾看着小久的眼睛,里面有着类似于透明的物质在流动。

他没有回答,只是让好奇心从内心升腾。他指了指自己的脑袋,皱了皱眉头。

还请明示,大概是这个意思。

小久走在前面,伸手向服务台拿到钥匙,道了谢,李天吾也同样伸手。宾馆前台负责接待的女孩儿大约二十六七岁,穿着十分素雅的西服,头发利落地盘起,每个动作都那么洗练美观,可这时却满脸狐疑,好像在问:咦,你们两个怎么搞到一起?但她还是把钥匙放在他手里,天吾随着小久进了电梯,上楼。他一直跟在小久后面,走过了自己的房门,小久用钥匙扭开 411 的门锁,然后示意他走进去。他叹了口气,这口气叹得极长,几乎把门吹得咔嚓一声在他身后关上了。

和他的房间一样,是一个精致的单人间,床和浴室的距离仅仅可以走过一条腿,红色木制的写字桌上方一面长方形的镜子和一个金属的歪着脑袋的小灯。书桌上放着一个玻璃杯,一支铅笔。床上乱丢着袜子和发夹。

"不好意思,我这里好乱,你知道,女孩子通常是这样,漂漂亮亮出门,可是房间里却乱七八糟。"

天吾伸手索要纸笔。

"你的袜子很漂亮,"他首先写道,然后撕下来递给小久,他没有抬头看,而是继续写道:"请跟我说说按钮的事。"

小久把背包拿下来,放在书桌上,从里面掏出一部相机,是佳能600D,他所在的警局,采集证据都用的是这一牌子和型号的相机,一模一样。就连带子上Canon图案略微变浅的磨损程度都几乎一样。

她指着相机上的快门。

"就是这个按钮,我需要你对着我,按下这个按钮,我就进到里面去了。然后我们找地方把我洗出来,放进这里面。"

她从背包里掏出一本极大的相册,封面是整个台湾岛的地图,不过不是摄影作品,而是一幅画作,蜡笔画,不像是画家的作品,倒像是小孩子用了几个晚上认认真真一笔一笔画上去的。然后歪歪扭扭的在已经画好的不规则的格子里用黑色的蜡笔写上:新竹,宜兰,苗栗,台中,嘉义,彰化,南投。只有"台北"两个字是用红色的蜡笔写的,十分显眼,好像内地的天气预报里,会出现两次的略大而醒目的"北京"字样。

天吾打开女孩儿的相册,里面一张照片没有,透明的塑料背后还是透明,然后是硬邦邦的纸骨。

原来是让我帮她照相。虽然和一般的要求比起来有点诡异,可是和他模模糊糊的预感相比,已经非常真实和正常。

不过，她离家出走，只是为了照相然后把相片放在目前空荡荡的相册里。照相本身看起来并不诡异，可是里面的逻辑颇令人费解。

"本来我今天是去教堂祈祷的，经常去的教堂，虽然不是基督徒，可是很喜欢去教堂坐坐，放空自己。今天被你一哭，弄得忘记进去了。不过听圣诗的时候我已经祈祷过了，不用担心。小吾，这个东西你可以操作吧，就是这么用食指按下去。"

她一边示范食指的用法一边给李天吾照了一张相，然后把相机倒转，给李天吾看已经变成数码讯息的他。李天吾一时有点恍惚，他没想到自己的演技如此精湛，无论是神态表情，都已经和一个哑人无异。他抓过聋哑人小偷，他们大多技术精细，很难被人察觉，一旦被发现又马上变得暴跳如雷，会毫不犹豫地掏出身上的刀来，给你一下，并不为别的，似乎是职业技能的程度受到了侮辱。如果落网，又迅速装出一副又哑又傻的可怜人的样子，任你怎么审问，都不会有任何反应，看起来好像真的既听不见也不识字一样。李天吾现在的表情就如同落网的聋哑人小偷，一副任你如何审讯我也不会招供的模样。

"对着你，按下去，用食指。"李天吾的字迹也越来越幼稚，好像在向婴儿时期挺进。

"没错，然后就大功告成。"

"为什么要这样做？"这是这次谈话的核心问题，李天吾觉得时机已到。

"很难解释，不过，即使你听不懂，我也应该告诉你，毕竟我们是拍档。而且最重要的理由是，不知道为什么我很信任你，虽然我们刚刚认识，可我就是突然之间十分信任你，没有任何理由的信任。所以，更确切地说，我想要告诉你，真是奇怪，越说这种感觉越是迫切，我现在都要等不及把所有事情告诉你了。"

小久拉着天吾的胳膊让他坐在床上，自己把写字桌前面的椅子扭转过来，对着天吾坐下。拿起玻璃杯喝了一口水，"咕嘟"一声咽下去。金属的小灯发出昏黄的光，照在小久的脸上。她把系在脑后的绸子解开，头发披下来，长度相当可以，发梢流过肩膀。灯光和直发或者还有别的什么东西使她看起来变成另一个样子。

好像审讯一样，不过，她是自愿讲出来的，李天吾感觉不错。

"在讲我的故事之前，我要先讲一个猫城的故事。这个故事据说是个德国人记录的，不过我看很有杜撰的嫌疑，这并不重要，重要的是故事本身。也许所有的故事都是如此，在记录和杜撰之间。"

看到小久要从猫城的故事上岔过去，天吾指了指自己的眼睛。

专注。

"不好意思，现在猫城的故事开始。故事发生在在一战和二战之间，有一个青年喜欢游山玩水，没有特别的目的，走到哪觉得不错就从火车上跳下来，不过当然是要在火车停下来的时候。一天火车在一个小站停歇，他看见窗外有一条美丽的小河和一座静谧的古桥。不用说，桥的那头一定有一座古色古香的小城了。他便受了好奇心的驱使，从车上下来，走进这座城里。可惜看起来是一座无人小镇，店铺和街道看上去都十分正常，只是一个人也没有，他便觉得十分无聊，决定第二天火车再来的时候，就离开此地。到此为止，有点像《千与千寻》的故事，不过不要担心，后来就没那么单纯了。这是一座猫儿的小城，等到黄昏降临，猫儿们就走上街头，和人一样吃饭，玩耍，在店铺里购物，还有几只坐在镇办公室的桌子前面办公。他吓坏了，赶快跑到镇中央的钟楼上躲起来。不过你知道，猫儿的鼻子最灵了，他们发现小镇里有了人的气味，便四处搜寻，没多久就来到了钟楼上面。青年觉得自己一定要被发现了，结局如何尚未可知，但是一定不会是什么好下场。可是猫儿就从他面前走过，明明嗅到了他的气味，却没有看见他，百思不得其解地离去了。青年觉得自己逃过一劫，心想第二天火车来的时候一定要马上上车逃走，实在是太可怕的小镇。可是，第二天火车没有停留，甚至没有减速，好像忘记了这里还有一个小站，从他面前眼睁睁地开走了，之后几天的列车也是如此。他终于觉悟了，这不是什么猫城，这是一个他注定要消失的地方,他已经在某种意义上变成透明的了,或者说,丧失了自己。"

李天吾在倾听的过程中感觉到自己好像被什么冰冷的东西从当中穿过,现在他急需要听到小久自己的故事。

"那么现在开始讲我自己的故事了。用一句话说。"小久停下来,喝掉了玻璃杯里剩下的水,李天吾感觉到自己的心脏在她停下来的时候几乎停止了。

"用一句话说:我正在淡去。我不知道还有没有更加确切的动词,我只找到了淡去这个词。就在不久之前,我发现自己的颜色正在一天一天变浅,不是像猫城里那个青年一下子消失了自己,而是逐渐地变淡了。我的父母在我很小时候离婚,可是在发现我生了怪病之后,他们两个又凑到一起,好心地为我看病。开始是看心理医生,他们认为我的心理出了问题,可是看了一阵子,连心理医师也承认,我变淡了。其实说白了,不是颜色,也不是一种皮肤病,只是感觉上整个人正在变淡。之后去了几家有名的医院,都没有办法,医生们每天围着我看,验了几十次血和尿液,都没有发现一点问题,他们除了承认我每天正在变淡,就好像画在教堂食堂里那幅著名的壁画一样,没有任何办法和结论。"

最后的晚餐,那幅画的名字。

"从正常的逻辑来看,我终有一天会消失,这似乎是不可逆转的趋势,而且最近几天这种趋势有越来越快的迹象。

不是像科幻小说那种,变成透明人,走在街上人们看见的是衣服在半空中飘浮,怪吓人的。我会彻底消失,用不了太久,这点我能清楚无误地感觉到,消融在台北这座城市里。所以我需要一部相机,一本相册,当然还有你,小吾。即使找不到我变淡的原因和我与这座城市的联系,至少能留下一本有着我清晰形象的相册,或者说,一本记录我慢慢变淡然后消失的相册。小吾,也许你不会明白,这是我能够和变淡对抗的唯一办法。所以我从家里逃了出来,我不希望任何人参与我的计划,当然除了你。今天是我行动的第一天,我去教堂祈福,希望上帝保佑我,不要太快消失,能够多走一些地方。然后就看见你张开双臂等着我。那么,我的故事讲完了。你听不懂也没关系,是我讲得太烂了。"

向导,李天吾想,李天吾的心里忽然浮现起这个词。也许他不用着急去用手枪打碎自己的脑袋了,他应该马上把关于老板的事情告诉她,看她到底知道些什么。即使她什么也不知道也没有关系,一个女孩儿会消失掉,这样的事情在这里会发生,那一座比101大楼还高的教堂,也许也会存在。还有就是,他确实会使用那个照相机,他可以帮她。

女孩儿朝他伸出小指,说,你愿意帮我吗,小吾?

李天吾将那个纤细的小指勾住,想说:成交。请听听我的故事。

他张开了嘴,没有发出一点声音。

他发现他哑了。

二 存档-1 警察蒋不凡

最后一次和蒋不凡出警的时候，我站在他身后，等了好久，天也没有黑下来。透过窗户，我看见那人穿着东北老式的蓝色棉袄蹲在地上生炉子，先垫上旧报纸，再放上细柴，最上面是细碎的煤块，然后他点燃了报纸留出的一角。不一会烟从生锈的小烟囱上面飘散出来，消失在冬日傍晚的天空里。

"回车上。"

车上比外面还冷，因为早已经熄了火，这时也不能发动，我们要装作我们并不存在，或者说，并不在此地。S市冬天的傍晚最为寂寥，脱光了叶子的树木历历在目，没有足够阳光的照射，像乞儿的胳膊一样颤动。如果是夜晚，一切溶解在黑夜里，单纯的冷空气即使让人觉得寒冷，也不过觉得孤单，而傍晚则不同，景象俱在，寒冷初临，即使成群结队地在街上行走，也会觉得孤寂，觉得自己像是给栽在路边的树，无所依赖，求援的手得不到回应。

"冷吧。"蒋不凡摸出两支烟,递给我一支。

"不冷。"我放在嘴里,吸了一大口,好像暖和了一点。

我第一天见到蒋不凡,是2007年的夏天,穿着刚刚发到手里的警服夏装。主管人事的副局长把我领进他的办公室,指着蒋不凡说:蒋不凡,我们最牛逼的警察,刑侦能手。然后他指着我说:李天吾,今年警校毕业的最好的学生,各项评测都是前几名。你们聊聊,看看能不能当你的兵。他出去之前拍了拍我的肩膀说,不要拘谨,跟不了老蒋,也不会把你开除,懂吗?我点了点头。

蒋不凡当时也许没听见我们说话,他正在网上下棋,盯着电脑屏幕自言自语:我不将死你。将死你算我输。我折磨死你。我站在他电脑背面等着,电脑的背面实在没什么可看,任何机器的背面都是如此吧。也许下棋是刑警的必修课,和小擒拿一样,我当时这么想。

蒋不凡赢下那盘棋之后,端起茶杯喝水,缺口的老式陶瓷杯,每喝一口之前,都先吹走水面上的茶叶。

"看见暖壶了吗?"

"看见了。"

"看见我茶水要喝完了吗?"

"看见了。"

"为什么不把暖壶给我拿过来?"

这叫什么问题,好多事情等着我做,拿暖壶帮他倒水算哪一桩呢?

"如果可能的话,我想……"

"想看看卷宗,想跟点案子,这就开始?"

"是,而且我还没有枪。"

"明白。"他翻开桌子上我的简历。

"李天吾,男,未婚,1983年9月生于S市,2003年以文化课第一名的成绩考入刑警学校。2007年7月毕业,射击,格斗,理论考试,实战演习的毕业成绩全优。祖籍北京,满族后裔。"

"是。"

"警校这几年混的不赖。"

"不算,把应该做的事情做了而已。"

蒋不凡把枪套摘下来,放在桌上。

"这是什么?"

"五四式半自动手枪,弹夹里有八发子弹,重量四百八十克,每颗子弹三十五克。"

"你确定?"

"确定。"

"拆了。"

我拿起枪,拆了个稀碎,不知是什么原因,也许是压力使然,差点打破了自己的纪录,27秒。

"挺快。"

"不算。"我说

"看看有多少颗子弹。"

一颗也没有，号称市局最好的刑警，枪里竟然没有子弹。

"你说的八发子弹呢？"

"应该有八发。"

"给我记住三件事儿，一，出事儿的都是因为快。二，我装几发子弹它就有几发子弹，没有他妈的应该。三，把你的学生气收一收，不是为了别的，是为了你能多活几年。"

"明白了。"

"不是让你明白，是让你给我记住。"

"记住了。"

"再记一件事儿，好警察不需要子弹，但是不代表枪里就不装。把我的枪装上。"他递给我一个装满子弹的弹夹，"装完之后跟我走，去给你申请一把枪。听好喽，从今往后我对你的要求只有一个，听指挥，否则就给我滚蛋。能做到吗？"他看了一眼我的简历，"李天吾。"

"我尽力。"我实事求是地说。

蒋不凡把打火机揣回兜里，说："冷的话就想点热乎的东西，比如你对象的屁股。"

"我还是冻着吧。"

"怎么着呢？"

"这时候想她，耽误事儿。"

"告诉你,不想才耽误事儿,拿本记上。"

炊烟还在升着,天终于要黑了,远处的树枝渐渐变成了树影,那人从炉子旁边站起来,跺了跺脚,进了里屋,看不见他的蓝棉袄了。

"他能跑不?"

"他进屋洗菜去了。"

"你咋知道?"

"升完炉子,就该进屋洗菜,你妈都知道。"

"他这样的,也能杀人?你确定吗?"

"九个,不过不算主犯,给人递绳子的。"

"就干这个?"

"把绳子两头系俩疙瘩,也给人开车。"

"因为他面,所以先抓他?"

"和同伙比,他算胆小的,但是和咱们比,他算胆大的,所有杀人犯都比咱们胆大。其实也不是因为这个,主要是因为我们现在只能找到他。"

"他不是嫌疑犯吗?得等法院判了才知道是不是他。"

"放屁,我蒋不凡就没抓过嫌疑犯。"

据说蒋不凡没开过枪,据说他抓过的人累计判了五百年,如果无期徒刑算十五年的话。据说他极爱他的老婆,却一直没要孩子。最后一个据说应该是真的,因为是据他自己说,他说老婆跟着他,是老婆自己选的,孩子没得选,生下来就得跟着他,所以他选择不生。我问他是怕仇家来寻吗?他说,也说不好,主要是作为警察看过太多乱七八糟的事情,心里和常人不同,怕教不出正常的孩子。我说,你就没想过不当警察啦?他盯了我半天,说,我退伍就进了警察局,要不就得当工人,你知道当工人是什么感觉吗?我说,我知道,我父母就是工人。他说,那我就不多说了,我还是当警察吧。蒋夫人是个普通人,见过几次,在民政局工作,给人发结婚证,当然还有离婚证。不怎么会讲话,但是自有一种威严,不知道这种威严是来自于蒋不凡的溺爱还是手里掌握着无数桩婚姻的离合。没见过蒋不凡尊敬什么人,他可以轻易指出任何一个人的毛病,唯独提起老婆,必称之为我夫人,既文气又别扭,所以蒋夫人便有了蒋夫人这个绰号。蒋夫人除了给人颁发爱情和爱情破裂的证明,就是四处买房子,然后仔细装修,卖给陌生人,然后再买,再装修,再卖给陌生人。多少年乐此不疲,好像把房子当成了自己的孩子,只不过成人之后要过继出去,自己再生。

不知从什么时候起,蒋不凡和我说的话越来越多,我不抗拒,也不奉迎,有一说一地回应,那时我已确定他是一个像他自己所说的好警察,甚至他对自己的评价还有自谦的成分,可以说他是一个天生的警察,虽然他很少穿警服。按道理说,一个天生的警察应该具备一张毫无个性的脸,那种五官如同经过缜密的筛选,从最平庸的眉眼里找到五个组装而成的脸。可蒋不凡不然,他长了一双鹰一样的眼睛,看人就好像看着一块鲜肉一样,即使年近五十,眼睛里没有一点污浊,还是清烁发亮,和他散漫的个性颇不协调。身高一米七〇左右,有着军人的硬腰板和极快的步行速度,夏天穿深色的polo衫,春秋穿深色的皮夹克,冬天穿深色的羽绒服,下半身永远是黑色的西装裤和黑皮鞋。他喜欢吃面,抻面,每次都抡着胳膊吃得呼呼作响,满头大汗,好像抻面就应该是这个吃法,抻着吃。他经常把烟蒂随手丢在办公室里,走在五星级酒店的大堂也随地吐痰。而对于脚下的这座城市,他了如指掌,每一条小街他都可以张口说出名字,然后告诉你这条街上有什么样的人物在游荡,过去的和现在的。我经常怀疑也许他当警察之前做过出租车司机,知晓城里所有的单行道。可他说,这些在他看来常识性的东西,是他刚刚参加工作的时候骑着自行车一点一点趟出来的。他的时间观念差的惊人,每次出现场他都姗姗来迟,不过他还是不停地破案,这让很多同事无法理解。

一次他问我,说说,勘察现场最重要的是什么?我说,细心。他说:废话,勘察现场最重要的是破坏现场。他破坏的现场不计其数,在凶杀案的房间里四处乱走,还把地上的凶器随手捡起来查看,然后再随手一丢。斧子,一次他说,然后拿起扔在尸体身上的斧子递给我,说,说说。我接过来,差点掉在脚面上,我说:凶手是个壮汉,至少臂力过人。他说，把那些傻逼侦探小说忘了吧。这人心里有恨。

2008年盛夏，北京奥运会前夕，也是我跟他一年之后，城市边缘的一栋联体别墅里，发生了一起灭门案。受害人一家三口，两个大人，一个上小学一年级的男孩儿，在家中被割喉，死相很惨，家中藏的现金一分没留，连零钱都拿走了。那时候已经很少人愿意在家中放大量现金，除了像受害人那种，搞轻工业产品批发的生意人。他用受害者家中的筷子挑开喉咙看，然后把筷子留在伤口里，站起来说，一刀，可以可以。我在旁边皱眉，他说，怎么着？恶心？我说，不是，我觉得你有点不尊重受害人。他说：最尊重受害人的方式是把案子破了，你给我破破看看，你尊重。我说，两码事，你这是偷换概念，老把两件事混成一件事说。他说：能混成一码事，就是一码事。说说你的想法。我说，凶手是个老手，而且缺钱，或者说，好几年不干了，不知道为什么又干了。他说：凑合，不过还是棒槌。我让你看这几年的卷宗你看了没？我说，都看了。他说，是，都白看了。2002年大年三十凌晨五点二十左右，一个卖鞭炮的离异男人和十三岁的女儿在家里被割喉，现金全没了，那案子一直没破，一是手法确实高明，二是为了节日气氛，局里没敢大动干戈，结果错过了破案的最佳时机，三是那案子没让我负责，一个傻逼破了四个月，没破了，调走了，案子就扔那了。无头案很多，都是负责人没头脑，懂吗？我说，懂了，一个人干的？他说，杀人的方式有很多，割喉的我干了这么多年警察见到的很少。凶手一定是非常有自信才敢这么干，因为出血量太大，很容易弄自己身上，如果一刀没割好，受害人的惨叫可是惊天动地。两个案子死者都是一个以上，说明他杀第一个的时候，根本就没出什么动静，这活儿你能干了吗？我说，干不了。他说，你不但要尊重受害人，还得尊重凶手，他干的事儿我们都干不了，所以我们才得抓他们。这案子就是例子，他的自信心完全是上次那起案子给的，结果多死了一家子人。不过这次他跑不了了。我说，难说吧。他说，两次都是入室，窗户上都有栅栏，门也没撬。我说，熟人。他说，第一次也这么觉得，这人很可能当晚就睡在受害人家里，排查了，没排出来，凶手没前科是肯定的啦。这次又是这手法，把两次受害人的朋友圈交叉排查一下，这人就浮出来了。应该也是做生意的，而且最近生意有点周转不灵，我估计这人除了手黑，还有很强的嫉妒心，两次抢的人都是蒸蒸日上的同行，自己生意受挫，就杀干得红火的同行抢钱，就好像你没当好警察，就给我一枪，一个意思。我说，别老拿我打比方行吗，你算我半个师傅。他说，少套近乎，我从来就不是你师傅，差辈儿，咱俩就算半个朋友。我说，那半个呢？他想了想：那半个是陌生人，别废话了，回去排吧，排出来这案子就算你破的。我说，不行，这案子是你的。他说，我还有别的案子，顾不了这个，这案子你负责，抓人的时候多带点人，你在后面跟着，因为你没亲手抓过人，不会弄。这人做事相当缜密，理智得很，家里可能还藏着别的家伙，而且手上的人命太多，已经生死不惧。所以，你给我小心点。我忽然问，你以前带过别的警察吗？他说，没有，你是第一个。麻烦。我说，知道了。他说，知道个什么？我都烦死你了，一年多了还像个靶子一样，不过我是再也升不上去了，可老王还得用我，你升上去之后，我还得找你给我报销呢，就为这个，懂吗？

如果永远不亲手抓人，你就永远也学不会如何把人抓住，我是这么想的。所以我被一把自制的五子蹦打中了锁骨和左脸，就好像一辆满载沙子的东风卡车从我胸前碾过，死亡的错觉从中枢神经传来，似乎在一瞬间就失掉了所有记忆，然后进入了非生非死的维度里，漂浮着，等待着靠岸。也许是摆渡我的老人嫌我太年轻了吧，在快到对岸之际又原路返回，把我扔在生的南岸，草长莺飞的南岸。我看见一只火红的鸟儿，风筝一样从我受伤的左脸边飘起，拍打着翅膀，久久无法飞入天际，好像腿上被拴了一根细线。我睁开眼睛，原来是窗台上瓶中的一束郁金香，插在一只洁白的大肚瓶里。窗外漆黑一片。蒋不凡坐在床边，地上都是烟蒂和浓痰，护士在哪，怎么能让人在病房抽烟。然后我又昏睡过去，等我再次醒来，妈妈和衣睡在我脚底下的行军床上，蒋不凡坐在床边的椅子上，跷着二郎腿，没有抽烟，也没有睡觉，地上也没有烟蒂，也许上一次是我的错觉，可是房间里的烟味是怎么回事儿？

"你是不是在我的病房里抽烟？"说完了这句话，我的胸口好像又被打了一枪。

"来一颗吗？"

"我不抽烟。"

"迟早的事儿。"

他在嘴里点了两颗烟，放我嘴里一颗，我吐在地上。

"你是要呛死我。"

"五子蹦都没打死你，没啥可怕的啦。"

他把地上的烟捡起来，捏灭了火，放在耳朵上。

"李德全抓住了吗？"

"他把子弹都打你身上了，能跑得了吗？"

"活捉？"胸口好了一点，风吹了进来。

"嗯，他是完好无损，过阵就是个全尸。"

"还有别人受伤吗？"

"哪有那么多傻逼？"

我闭上眼睛，心里重复着：人抓住了，我没死。

"你是不是像他们说的，替大川挡了一枪？"

"忘了。就记得像蹦爆米花的一声响。"

"跟你说，你对这地方不了解。"

"我在这儿长大的。"

"那也没用，你不了解这地方，你就不了解这些人，你不了解这些人,你他妈就别往前冲。"

"和了解有什么关系,我冲不冲。"

"说过了,你不了解,都是连着的。说多了你也不懂,等你好啦,我带你走走。"

"好吧。"

妈妈还没醒,睡得很沉,也许和我过去几天一样。

"我认识的人太多了。"

"没明白你的意思。"

"我又认识了你妈。"

"这有什么不好?我妈埋怨你啦?"

"没有,你妈是个好人,几十个小时没合眼了,都是你闹的。"

"你也不错,两次睁眼你都在。"

"这感觉不好。既然已经这样了,说也没有用,屁用没有,所以,"他把耳朵上那颗烟拿下来放在嘴里,"不说了。"

"我什么时候能下床?"

"很快,枪伤就是这样,只要救回来了,很快就是好人一个。不过你得留疤。脸上。"

我想伸手摸自己的脸,他这么一说,脸忽然极其不自在,自己脸上的事得别人告诉我。

"别动,伤口破了,你又得进急救室。不是那种一片的疤,是俩坑,比酒窝大点,你就当酒窝吧,比死强,而且警察这张脸,没那么重要。"

"那不光是警察的脸，还是我的脸。"

"俩坑，换了一个二等功，也算可以啦，不是所有挨枪子儿的警察都能评上。"

"按你这么说，我这回还算冲对了？"

"你给我听明白了，别以为自己挺了不起的，在公安局里，英雄全得完蛋。荣誉是给死人的，当警察最重要的是什么？"

他点上烟看着我。

"能不抽吗？闻着难受。"

"不能，是什么？"

我想了想，这个问题其实已经困扰我很长时间了。

"也许是让城市更好一点吧。"我说。

"你可别侮辱城市了。是活着，一直活着的刑警是最牛逼的。"

说完他站起身来，把抽了一口的烟扔在地上，说：

"花是你对象送的，明天她还能来，你歇着吧，留着话明天和她说吧。"

"你看见她了？"

"嗯，挺漂亮的，有点浪费，一般的就够用啦。"

"她说什么了没？"

"放心吧，不会因为你脸上有坑就把你甩了。不用审就能看出来。"

"你明天还过来吗？我的意思是，是不是还来聊聊什么的?"

"不来啦,我还有案子,而且我在这儿抽烟,你也难受,上班之后直接到我办公室吧。对了,如果你下次再不听指挥,就给我滚蛋,爱跟谁跟谁,不是和你开玩笑。"

我把脑袋歪过去,朝向他,好像在拧一枚陈年的螺丝。

"如果我死了,你咋想的?"

"我就单干。"他说。

车里的温度升起来一点,蒋不凡把车窗摇下来,伸头出去看了看烟囱上飘荡的烟。

"开始炒菜了。"

"什么时候行动?"

"等他吃完饭,再进厨房的时候,吃完饭的人都有点懒。把枪拿出来检查一下。"

八颗子弹一颗不少,腰后面还有两个弹夹。

我摸了摸脸上的伤疤,确实如蒋不凡所说有两个深坑,一个直径半厘米左右,一个直径大约七十五毫米,相距一厘米,好像一大一小两个岛屿,隔海相望,除了这些,其实还有一片细小的类似于磨砂面的伤痕,在两个伤疤周围,如同涌动的海浪。原本我是一个相貌周正的人,上学的时候,收到过不少女生的纸条和情书。应该是遗传父亲,他比我好看很多,我只是继承了一点五官的轮廓,没有其相呼应的精髓,不过也足以称之为一个周正的小伙。那些女孩子怎么也不会想到，除非她们站在我的右手边，否则我已经大大变了模样。想到这里我就有点窃喜，好像忤逆什么东西，伤疤什么的，我并没有在意，选择当警察那一天，这副皮囊就已经不属于我自己，只要没有死，使命还有机会完成，就算是彻底变成了一个丑八怪也没有关系，只是对于妈妈，残忍了一些。想到妈妈，我敲了敲自己的脑袋，妈妈要的半导体还没有买给她，这次任务结束之后，就和天宁去买，买东西这样的事情她相当在行。

我下床之后，蒋不凡开始领着我在S市里四处游走，第一站是大帅府。到了售票处，他亮出警官证，说：跟踪嫌犯，不要声张。给我两张全票。售票员一脸兴奋撕了两张票给他。

进了大门，站在垂花小门楼前，他让我抬头看那块牌匾，上面写着：宏开塞外。两边一副黄底黑字的对联：开塞仗金锋屹甲千城万里，海外接半壁昭泽三省六洲。

"匾是新的，字是原来的意思。"

"原来的匾呢？"我问。

"毁了两茬。日本人砸了一次，'文革'的时候砸了一次。"

进了中厅，左边是大帅的会客室。很简单，红木的桌椅，老式的电话，笔筒里装模作样的放着满是灰尘的毛笔。墙上镶了很多幅工笔画，画工普通，不过在这样的房间里有点新颖,好像是连环画,后来才知道好几个房间都有,连起来讲了一个完整的故事,当时鞍山的一个老画家画的。

"去椅子上坐一坐。"

"不行,都是文物,而且人家拿红绳隔着呢。"

蒋不凡把围绳挪开,走了进去。

"坐,放心吧,和匾一样,都是新的。"

坐在上面没什么特殊的感觉,灰尘的气味让人觉得好像坐在棺木里。

"怎么样?"

"不怎么样,有点高。"

"那对,大帅一米五八。"

"你在我身边站着,感觉有点怪呢?"

"哪怪?"

"觉得你有点张学良。"

到了张学良扬名立万的老虎厅,两只黄老虎站在厅中央。虎这东西真是奇妙,即使是假的,即使做工粗糙,也还是威风凛凛,只不过毛有点旧了。

"要是在当初,咱们这样进来,就得给枪毙。"

"犯了什么罪?"

"不能带枪,枪都得放在承启处里。有点下马石的意思,文官下轿,武将下马。老虎厅事件那两位可能是因为没带枪,才让张学良轻轻松松给撂了。"

然后他指了指墙上大帅的画像。

"这小个子曾经主宰了奉天城。"

"东北王。"

"怎么死的?"

"皇姑屯,让日本人炸死了。常识。"

"日本人为什么炸死他?"

"他有民族气节。"

"如果你是日本人,让一土匪当孙子玩了,还一点甜头没尝着,你怎么想?"

大帅府的布置,在某种程度上,其实应该叫做少帅府,因为关于大帅的东西少得可怜,纪念张学良的展厅和物件占了大部分篇幅。看过了中正剑,在西安事变展厅的液晶电视上,张学良带着基督徒的黑色圆帽,眉毛几乎脱尽,正用东北的乡音颤颤巍巍的讲着:西安事变,我送蒋先生回南京,李协和先生,讲了一句话,不是和我讲的。我到现在都记得,一辈子我都记得那句话,我觉得那句话特别好,我特别喜欢,对我们父子俩都有点意思。他说:你不愧是大帅的儿子。这话我一辈子都记得。

"人能记一辈子的话,通常都不是事实,而是他对自己的期待。"蒋不凡仰头盯着液晶屏。

"他在台湾过得怎么样?"

"那只有他自己知道了,不过他能一直活着,这事儿有点意思。"

"蒋中正的心胸?"

"就让你活着,让你看看,到底谁对谁错,你到底干了什么,可能有点这个意思。"

"你的角度怎么老这么奇怪?"

"我还觉得你的角度奇怪呢,从你那书上学的鸡巴角度。"

"我问你啊,在你的心里是不是就没有英雄?"

"我问你啊,什么叫英雄?"

"心里有大义。"

"谁啊?"

"张学良不算?"

"你知道他杀了多少人吗?他扣住老蒋,共产党因为抗日拿了天下,后来又死了多少人?老蒋到了台湾,台湾又死了多少人?"

"那是时逢乱世。"

"乱世怎么来的?我告诉你,这帮人全是杀人犯,不管有什么目的,你不是警察吗,杀人犯怎么回事你不知道?信了基督就他妈不是杀人犯了?搁到现在,我们抓人,他说他已经皈依了天主,我们就让他走了,说,没事儿了,好好做您的礼拜吧?"

"跟基督什么的没关系,就好像我们现在法律上的正当防卫,别人要杀你,你把他杀了,你可以脱罪,或者我们现在抓了杀人犯,杀人犯如果给判了死刑,按你的意思,我们也是间接杀人啦?"

"我们是警察,不能比较。"

"他们是军人。"

"我他妈过去还是军人呢。"

"那就对啦,军人的天职不就是把敌人赶尽杀绝吗?"

"所以,我们也不是英雄,我们就是吃这碗饭的,吃人家嘴短,就得拿人。职业。"

"所以我们的职业就是拿人,有时候杀人。"

"拿该拿的人,杀该杀的人。"

"不管怎么说,蒋不凡,如果有那玩意的话,我们是不是得下地狱?大帅,张学良都在地狱里等着我们呐。"

蒋不凡不说话啦,瞪着老虎厅里的什么东西,或者什么东西也没瞪。半晌之后他说:"你看那老虎多威风,让蒋夫人也买一个,摆家里。"

"我问你呐。"

"我不信这个,我没有信仰,我就信人死灯灭。"

"如果没灭呢,就是换了一灯座儿。"

"你是不是因为差点死了,才想这些。"

"不是,我是因为李德全判了死刑,才想的。"

"那你就不对啦,他可是罪有应得,那孙子拿一把双立人水果刀灭了两门。"

"他爸就是个劳改犯,1982年的时候,因为偷邻居晾的衣服,给判了八年,从小没妈,跟别人跑了,一直跟着爷爷奶奶长大,饭盛多了,爷爷就打他。我们怎么不抓他爸，他妈，他爷，他奶奶呢？"

"小子，能上天堂的人不多。如果有那么一地方的话。"

"我们能去吗？"

"不知道，可能里面住的都是牛顿，爱因斯坦什么的吧。"

即使我不愿意承认，以免增强自己的懦弱，即使我看起来一如往常，除了脸上的伤疤使我周正的样貌有了奇异之处，事实是，自从受伤之后，噩梦不断袭来。我梦见自己被装在氧气钟里，放入海洋深处，去观看深海的生物。那些生物在极大的压强里面生活，因而变成了极扁的形状，纸片一样在我周围游动，有的没有眼睛，有的眼睛长在屁股上，有的眼睛长在细长的须子上，水袖一般飘飘然，不知道是在看我，还是仅仅在探路。氧气钟上的探照灯照过去，在隧道一样的光柱里，一切都诡异地真切，五彩斑斓，却又似乎根本就没有颜色。生物们并没有被强光吓走，而是围拢过来，有几个莽撞的撞在玻璃罩上，好像要钻进我的怀里，可是我听不见一点声音。撞上来的生物越来越多，后来简直是蜂拥而至，虽然还是没有声音，玻璃罩上开始出现了裂纹，我大声呼救，没有任何用处，连我自己都听不见，终于海水淹没了我，氧气钟的碎片在我周围向上升起，而我再次坠入非生非死的维度里，还是那条河，那条船，摆渡的老人对我说：这次没的办法，高低要把你送到北岸去啦。我问，北岸有鸟吗，有花吗？老人说：北岸鸟不会落地，花不会枯萎，太阳永远不会落下。我说，那敢情好。他说，只是你变成了另外一个人，忘记了现在的你。我说，不行，我还有事没做。老人说，上了船，你就没得选啦，我保证你不会后悔的，因为你什么也记不得了。我说，不行，我还有事儿没做。船疾驰向前，我想跳入水中，可是脚上好像给绑了细线，如何也跳不起，挣扎了许久，听见老人说：北岸到了。我突然睁开了眼睛，房间里一片漆黑，我坐起伸手摸了摸脚踝，没有细线，天宁也醒啦，抚着我的背问，做梦啦？我说，梦见脚上绑了线，让人绑架了，跑不了。天宁把手放在我的脸上，准确地说，是放在我的伤疤上：那就对了，我的脚上也有一条，我们俩谁也跑不了。我说：我没有你想的那么好。她说，大半夜不要讲道理。快睡。

李德全获判了死刑之后，没有上诉。离执行还有两个星期的时候，我去看守所看了他一次。他正坐在自己的床上靠着墙低头写字，像个小学生一样一板一眼，时不时扶一下向下滑的眼镜。

"写信呢？"我问。

他抬头看了看我，摸了摸自己的下巴。

"胡子长了，他们不让我用剃须刀。"

"这地方，对刀字儿比较敏感。"

他摘下自己的眼镜,用囚服的下摆擦着,镣铐的声音清脆悦耳,说:"没写信,寄出去怕吓着人,练练字儿。"

"认识我吗?"

他戴上眼镜,"见过。我是应该叫你政府呢还是叫你长官?或者叫你同志?"

我说:"不用,都不是。字能拿过来给我看看吗?"

他说:"恐怕不能,你是来看你的战利品的?"

有点意思,还用了一个比喻。

我摸了摸左脸说:"我差点成了你的战利品好不好?"

他说:"这事儿不能怪我,我没想打你。"

我说:"知道,这事儿是我的责任,让你给打啦。"

"有什么事儿就说吧,我听听。"

"嗯,也不算有事儿,就是想跟你聊聊。"

"想采访我?像电视上那种,采访死囚,听我忏悔,然后临死前给我加个菜。"

"我可没带摄像机,我就是想听你说点实话。"

"那你得失望。"

"说说你为什么杀人?"

"这我说过了,你自己去查呗。"

"查了,你说是谋财。"

"当然。"

"就没别的啦?"

"还有嫉妒。"

"还有吗?"

"没啦。"

"李德全,我觉得你应该珍惜。"

"什么意思?"

"珍惜,我站着,你坐着,我在用心听你讲话,你讲的每一句话我都会记得。"

"这对我没意义,你以为你是谁?我不需要任何人记得我,就算你记得,你想起来的时候也会是:那个杀人犯李德全临死之前和我说。我不需要。"

"我查了你的档案,你虽然家庭问题很多,但是你从小成绩很好,你现在四十一岁,大学学的档案管理,可是大学毕业,在市委办公厅干了两年之后,就辞职下海经商了,为什么,单纯是为了发财?"

"我能问你个问题吗?"

"问吧。"

"你是不是替那人挡了一枪,当时?"

"听说是,我记不得了。实话。"

"如果真有这事儿,你觉得你为什么要替他死?他可能根本就不配替你活着?你跟他熟吗?"

"下意识。他是分局的,我之前不认识他。"

"什么叫下意识,能解释解释吗?"

"下意识就是,如果我是你,你是我,你来抓我,你也可能替别人挡一枪。"

"你觉得我会?"

"不一定,有可能,这才叫下意识。"

"他怎么感谢你的?"

"他来看过我,带了点水果,在我昏迷的时候。"

"没啦?"

"他也是被动的,事儿都是因我而起,不是,往前说,是因你而起。"

他把纸片放在床上,说:"也不是完全为了发财。"

"还有什么?"

"我这样的在市委干不起来。"

"成分问题?"

"那时候已经不叫成分了,九十年代中后期,不过,在提你之前,这方面还是会考虑。我能进去已经不错啦,完全凭的是本事,可是怎么干,也达到不了我的期望。"

"你是不是期望太高了?"

"我的期望就是能者居之,这期望高吗?"

"你辞职下海经商,在当时看挺有魄力。"

"不算,那时候下海的人很多,是潮流,不知道别人怎么想,我是觉得,可能那里面比较公平。没人注意我爸是谁啦。"

"开始的时候顺利吗?"

"一直都还算可以,如果不被别人骗的话。我没做过亏心的买卖,尽管那个来钱快,当时也没什么风险,可能是家庭的关系,我不想和他们一样。可是被熟人骗这部分,我控制不了,两次都没防备。"

"所以你做了两次案。这一层你在口供里没说。"

"没那个必要,这是我的私事儿,而且说这些,有用吗?对于我来说。"

"你杀的两家人,都骗过你。"

"第一家是,第二家不是,第二次那人跑了,我找不着他。"

"所以第二次被骗心里更不痛快,一般都是这样,掉进同一个坑里,你就找了干得最好的同行出气。"

"能别老试图分析我吗?他骗过别人,有批货他压了人家一年的款,那人跳楼了,没死,摔在水果摊上,残了。"

"哦,除了报私仇,有时候你还替天行道。"

"不算,压款这事儿经常发生。选他,第一,他确实害过人。第二,他和我熟,很熟,几乎可以算是朋友,我第一次被骗之后,能再起来,除了抢的钱,他借给我三分之二。第三,他身体不好,有糖尿病,不是我的对手。"

我走开,用纸杯给他倒了杯凉开水。

"谢谢,正好渴了。"

"可以这么说吗?你第二次作案,选择他们家,除了泄愤和作为一个罪犯专业上的考虑,还有羞愧,因为他帮过你,而你又搞砸了。"

他把水喝干,把纸杯还给我说:"也许可以,也许,真是这么回事儿。不过，也可能是，我在毁灭自己之前，想先毁灭掉和自己有关的美好的东西。就像是小孩儿生气的时候，摔碎自己最好的玩具。"

"你知道第二次跑不了了。"

"说不好，有预感，但是也不是坐以待毙，如果你们抓不着我，我又不知道该干什么去，就是挺奇怪的一种状态。"

"嗯，你对自己怎么看，自己这个人？"

"到现在这步，我也有责任。"

"这个说法有点不磊落。"

"那我管不了，是你的事。如果非要换种说法，可以说，我其实可以更好。"

"你不一定非得这么做，我这么理解对吗？"

"差不多吧，人做每件事都有理由，大部分时候，但是那些有理由的事不一定非得去做。"

他把眼镜摘了下来，又擦了擦，我才发现，他的眼镜没有镜片，他一直在擦的是镜框。他戴上裸露的镜框看着我，说："面对痛苦的方式有很多种，我的方式不好，坐在这里我想清楚了这一点，尤其回想在杀那两个孩子的时候，他们就像小兔子一样被我擒住，割断了喉咙，连央求我的机会都没有，我只是觉得，我不想让他们和我一样，像个孤儿一样活着。也许我不一定非得替他们做这个决定，那是他们自己的生活，我的方式不好。你是不是想听这个，我的忏悔？"

"我不认为是忏悔，说实话，但是有真实的成分。"

"对，也许我只是编给你听的，打发时间。"然后他不说话了，拿起笔和纸片来继续写字。

"对了，还有一个问题，案子你只做过这两起是吗？"

他不说话，就好像我从来没有来过，他从来没说过话一样。

"2003年，住在皇姑区岐山路一栋日式民宅里的一个十八岁女孩儿，失踪了，没有尸体，没有遗书，那是你第一次作案第二年的事情，你记得些什么吗？"

他不说话。

已经够了，也许他这么想。

我说，保重吧，李德全。

我转身走出走廊之前，他在我身后说："我从来不搬动尸体，我害怕那东西。"

我转过来说："谢谢。"

"不用，我只是想告诉你，你在侮辱我。也请你保重，你不会每次都这么命好。"

然后他继续写字，看起来那个时候，写字是他人生中最重要的事情。

就像我不得不逐渐承认蒋不凡是个天生的警察一样，

在我跟了他三年之后，我就不得不逐渐承认，作为一个警察，他的力量实在太大了一点。除了警务，他还负责一些帮派活动的安全，也为帮派之间的争端居中调停。调停这件事情程度可深可浅，或者，逐渐由浅入深。他会在电话里说：铁军，晚上六点黄河大街韩都烤肉，你来。席间他说：六子的事儿我知道啦，你先不用动他。铁军什么也不吃，说：他容不下我。蒋不凡说：我知道，以后再说。铁军喝了口大麦茶说：好，蒋哥，那我先走。他说：吃片肉再走。铁军就从篦子上捡了片半生不熟的肉放在嘴里，嚼烂，咽进肚里，说：蒋哥，那我先走。他说：过一个月回头请你到家里头吃，你嫂子想你了。铁军站起来，冲我点点头，然后走了。我跟他的时间久了，他开始介绍我，说：这是天吾，我朋友。对面说：天吾哥，多照应。我说：叫天吾就行。一次见到的那人头发已经花白，看上去怎么也有四十岁左右。他说：别客气，我是少白头。蒋不凡指着我说：你们不要犯在他手里，他是少年包青天。中年人说：不会，我们都是生意人，不做违法的事情。就算将来有点小毛病，也得绕着天吾哥走。蒋不凡说：那就好，挣钱是对的，钱没得罪任何人。别干违法的事儿。中年人说：是，钱是无辜的，是这意思吗，蒋哥。蒋不凡点点头，说：白头，你去秦皇岛住一阵。中年人喝了口酒，说：多久？蒋不凡说：不一定，先过去，那边有朋友接你。中年人说：我老婆孩子怎么办？蒋不凡说：一起过去，机票已经买好了，去毛锋那拿。到那之后，少出门，有事儿就报警，懂吗？白头点点头说：我孩子上学怎么办？蒋不凡说：我想办法。你最好改个名。白头说：不改了吧，就这样，用了几十年了，老婆说梦话喊的都是这个。蒋不凡点点头：好，你孩子最好改个名吧，别太自私。白头说：行，给她改了。蒋不凡说：她原来叫什么？白头说：叫唐琳。蒋不凡回头看我：你说改个什么名字好？我说：我不知道。蒋不凡说：知道你不知道，随便说一个听听。我说：唐若琳。随便说的。蒋不凡对白头说：你觉得怎么样？白头看看我说：好名字，唐若琳，唐若琳，好名字。蒋不凡说：那就叫唐若琳吧。再别改了。

一天我们一边在茶社喝茶，一边等人。蒋不凡拿茶水洗净茶杯，然后用镊子把茶杯举在我面前，说：闻闻。

"闻不明白。"

"不急，再喝几次，你就知道什么是好茶了，这儿的茶叶一般，有点陈，不过环境还可以。"

墙上挂着高仿的《兰亭集序》：此地有崇山峻岭，茂林修竹，又有清流激湍，映带左右。

"茶和环境，我都不懂，你觉得行就行。"

蒋不凡说："你跟我几年啦。"

"四年多了吧。"

"我快要退休了。"

"还远着呢吧，你才五十出头。"

"你不懂,快退了,知道就行。"

"那你准备干点什么?退休之后。"

"没想。"

"没想是怎么想的?"

"就是完全不知道的意思,如果你非要我翻译一下的话。你为什么老和我抬杠?"

"我第一天跟你的时候就这样,那时候你完全可以让我滚蛋,不对,你随时可以让我滚蛋。"

"你是不是有点瞧不起我?"

"一部分。"

"可你拿我没什么办法,就算你一直在场。"

"我知道,我虽然一直在场,可我还确实没拿到你什么把柄。但是没拿到把柄和什么也不知道,是两码事,我这么说你有异议吗?"

"准确。我只是需要有点秩序。"

"外加很多的钱。"

"钱是秩序的一部分,你知道如果没我,如果我今天死了,这地方会变成什么样吗?"

"你这句话像联合国秘书长说的。"

"我他妈已经够谦虚了,你知道,无论我们怎么破案,犯罪率也不会降低,只有有秩序,这个城市才能更安全一点。你没发现吗?这里很多街道的信号灯设计不合理,汽车,自行车,行人挤在一起,这时候就需要交通警察指挥,不要管什么红绿灯,打手势就足够了。"

"挺形象,但是还是狡辩。所以你破的案子都是秩序之外的,或者说,你的秩序之外的。"

"差不多。知道为什么烟可以随便卖而毒品不行吗?因为烟便宜,出现的早,更大的秩序建立起来了。案子是破不过来了,到了一定程度之后,到了你不需要证明自己的时候,当警察是个良心活。"

"良心,你还真敢用词儿。失踪的事儿你管吗,在你的秩序里外?"

"这事儿你问我过一百八十回了,你知道全中国的失踪人口有多少吗?你知道一个人不想让你找到,是多么简单的事儿吗?"

"不需要知道,我说的是人,不是数字。"

"对于我来说是数字,而且那个案子已经结了,已经宣布死亡了,法律上的规定你懂吧。"

"我只知道宣布死亡和死亡有很大的区别。"

蒋不凡把我丢下,开始摆弄茶具,赌气似的喝了两杯茶之后,他说:"我答应你,那个失踪案我会盯着,只要我当警察一天,我就不会忘了。"

"这话我听你说过,而且按你说,你也当不了几天警察了,不过还是得谢谢你。"

蒋不凡给我倒了一杯茶。

"既然你觉得我不干净,为什么你还来?"

"我有我的考虑，似乎我没有义务解释我的每一个行为。"

"你不怕下水吗？"

"我看见河在那，而且你应该听过，淹死会水的，我可不会游泳。"

"嗯，你不喜欢游泳。"

"喜欢，我是个普通人，正常人。"

"我可以帮你。"

"我有工资，有失业保险，有房屋公积金，逢年过节，局里还发东西。"

"够了？"

"足够。"

"小子，你不是一般人，真心话。"

"我是，是你把一般人的标准定得太低了。其实我现在就应该把你铐起来，不过我只是想做自己要做的事儿，做完了就行啦，成为一个什么样的警察对于我来说不重要。"

"你撒谎。你正在不知不觉成为一个好警察，干得劲劲儿的。"

"这我不知道，在完成我的事儿之前，我应该做点分内的事，我这么想。"

"看来你不可能为我做事啦。"

"要看什么事？"

"比如，接替我，在各个方面。"

"不可能,我没那个能力。"
"好吧,喝茶,话说得太多了,我嗓子都他妈要哑了。"
"你以后还准备带着我吗?"
"废话。目前我们还是半个朋友呐。"

夜晚终于来了,在 S 市的这片已经为数不多的棚户区里面,夜晚似乎比别处更黑。我们的车子停靠在一条小土路上,没有路灯,矮房里映出的灯光因此似乎比别处更暖。人们陆续的回家,有的手里提着菜和酒,有的骑着自行车匆匆的赶路,此处位于城乡结合部,属于 S 市的辖区范畴,房租最为便宜,治安也最为宽松,落魄的市民,想要向城市进军的农人,小偷小摸的游民,都能在此找到适合他们的房子和邻居。时不时能看到醉得摇摇晃晃的男人揭开裤子,站在路边小便。很多房子的墙上写着"征收",看来不久的将来,这里也会是另一片商业开发的住宅区,也许刚才那个摇摇晃晃的男子就会拿到一笔数目不小的动迁款,而这笔动迁款有多少会变成他肚子里的酒,然后变成某个黑暗角落的废液,就不得而知了。

我们盯的那个中年人,已经陆续把菜摆在炕上的小方桌上,盘子装的菜就有六个,最后又用海碗装了汤摆上。在他们这个团伙里面,有两个全国 A 级通缉犯,是双胞胎兄弟,算上那天的目标在内,一共五个人,平均年龄四十六岁,大多数有过前科或者离异无业。从 1992 年到 2002

年,他们在内蒙、黑龙江、吉林、辽宁,夜晚劫杀了四个出租车司机,通常是勒死,把尸体放在出租车的后备箱,第二天凌晨径直开车抢劫银行或者储蓄所,射杀了两个银行职员,两个保安,一个路人,从作案地点逃出之后,在郊区偏僻处,焚车解散。这伙人在2002年末突然销声匿迹了。这是非常少见的情况,通常这样疯狂的匪徒不会骤然收手,除非出现惨烈的内讧。据蒋不凡说,他们之所以停下来,是团伙的头目,双胞胎之中的大哥,一天突然上收了所有人的枪,然后宣布团伙解散,只身一人去了广州。据线人说,是为了一个女人。

如果破了这个案,你就是副队长了,在那天上车之前,蒋不凡这么跟我说。而他觉得,我猜,一个收手了十年的脱离了组织的中年逃犯,不会费我们什么周折,而我当了副队长之后,也许有一天会改变主意,接下他的衣钵,成为一棵根植于这座城市的阔叶槐,地上绿色的枝叶和地下灰色的根须同样茂盛,不但能保护秩序,还能保护退休之后上了年纪的他。我相信他是这么想的。直到小屋的方桌上,摆上了五副碗筷,事情向着我们不那么有把握的方向发展了。

"你的线人不是这么说的。"当我看见一对中年的双胞胎向小屋走去,两个几乎一模一样,只是一个嘴巴周围留着浓黑的大约半寸长的小胡子,另一个胡子剃的十分干净。

"沉住气,这样更好,全在这儿了。"他伸手摸了摸枪，确定带了。

"我们两个？"

"恐怕不行，用手台，请求支援，把情况说清楚。"

我刚刚把手台拿起来，听见有人敲蒋不凡那侧的车窗，一个三十岁左右的女人，没有化妆，长得很文静，穿着单薄的白色女式夹克，冻得瑟瑟发抖。在我发愣的时候，蒋不凡已经摇下车窗。女人指了指蒋不凡手里的烟说：同志，请问这附近有烟店吗？南方口音，烟店。奇怪的问题，奇怪的口音，我忽然觉得这里面有十分不妥之处。这时我这边的车门被拉开。

"车里冷，进屋说吧。"

五个人站在车周围，我面前的那个，手礼貌地搭在车门上，嘴巴周围的小胡子上，上了霜。

三 铁心脏和下旋球

李天吾能够再次讲话，是在半个钟头之后。他记起了他和老板约定的最后一条，不论何时，只要想要讲出这个约定，就要被罚哑巴半个钟头。对于李天吾来说，圣歌已经找到，这是一个十分顺利的开始，教堂没有找到，像老板所说的那个雄伟恢弘的台北最高建筑，一个哥特式的大教堂，到现在没有找到，可能比没有找到更糟的是，也许它根本就不存在。因为不论他怎么打听，所有路人给予他的答案都是：台湾最高的建筑是101大楼，教堂？没听过耶？比101大楼更高的教堂？不可能吧？也有人会笑出来说：比101大楼更高的教堂？我也在找耶，麻烦你找到了告诉我一声好不好。眼神里分明写着：有什么办法？现在到处都是这样白痴的陆客，要不然阿里山里的小火车怎么会翻？载了太多白痴嘛。向导呢？李天吾想起了向导这件重要的小事。当时在和老板讨价还价了一个光亮刺眼的下午之后，老板同意配给他一个像样的向导，就像蒋不凡曾短暂做过他的向导一样。暗号是？事实上李天吾哑巴了足有一个钟头，因为余下的半个钟头他一直在努力回忆那个暗号到底是什么来着。也许是降落的时候摔到了脑袋，他这么觉得，不过如何降落的他也想不起来，只是记得睁开眼睛的时候，一个胖胖的出租车司机在不停叫他：先生，先生，醒醒，我们快要驶出台北了，您到底要去哪里嘛？这么一直向前开也不是办法。李天吾晃了晃脑袋说：这里是哪里？越过司机的肩膀，他看见计价器上显示着五百块。五百块，从S市开到北京也没有这么贵，老板从哪里雇来这么黑心的出租车司机。李天吾作为一个年轻警察的直觉让他伸手摸了摸自己的腰间，确定是不是带了手铐。当然带了。

"这里是忠孝西路，再往前开就上忠孝桥了。"

"忠孝桥？"

"没错，淡水河上的忠孝桥，在下开了二十五年的出租车，绝对不会搞错，前面便是千真万确的忠孝桥。"

"再往前呢？"

"再往前就是三重，然后是桃园，天后宫啊，桃园机场啊，就在前面啦，如果你是去这些地方，那不会错，您是不是要去机场呢？"

"不是，我还没到要走的时候。"

"那是去哪里？观音山？"

"让我想一下，实在对不起，睡了一觉脑袋有点糊涂。"

司机放慢了车速,把车子朝路边开过去。

"没关系,经常有这样的客人,一时转不过来,如果您不着急,就放心去想好啦,只要是在台湾,只要有路,哪里我都可以载你过去,当然啦,如果您带够了钱的话。您是来探亲的外省人亲属还是单纯的游客?我这人喜欢讲话,不愿意回答可以不说。"

"有什么分别?外省人是什么人?"

"外省人就是,以为自己是游客,没想到回不去啦,就住了下来。"

"那我目前还是游客。"

"第一次来台湾?"

"第一次。"

"台湾很好玩啊,保证你下次还会想来。"

"可能只有这一次啦,不过好玩总比不好玩强。我就在这里下车吧。麻烦您。"

李天吾从怀里拿出钱包,发现里面满满塞了好多一千块的大钞,他掏出一张递给司机,说:"您看看怎么样?"

"什么东西怎么样?"

"钱怎么样?我是说这张钞票。"

"还能怎么样嘛,让人喜欢得不得了。"

李天吾松了一口气,看来老板不是跟他开玩笑,五万台币的现金,十万台币的汇丰银行信用卡,货真价实,只要不乱来,参照出租车的消费水平,在此地的几天,应该可以放心的自由行动。只不过刚才错怪了司机，能印出一千块大钞的地方，自然会有八百块的出租车费。

"那就请您收下。"

"那怎么行？太多了，小费可以有一点，比车费多出这么多，不太礼貌啊。"

李天吾没听见司机的话，他已经走掉，在忠孝西路和中华路的交叉口找到了一家旅馆，然后第二天的傍晚他便遇见了小久。

暗号是？李天吾似乎有了一些头绪，老板说，他和向导的暗号就在向导的身上，一个他一眼就能看出来的暗号，或者说一眼就能看出来那个可以称之为向导的人和他有着微妙的联系。这个设计当时便让李天吾十分恼火，总不能走在街上，逢人便说，对不起，打扰了，是不是可以麻烦您把衣服脱掉，也许在你身上有我用得上的暗号？可是老板说他已经给出了有史以来最优惠的条件，他绝不再后退半步，如果李天吾觉得难以接受，那就待在那里，哪也不要去了好了。这是他的杀手锏，李天吾知道自己除了接受没有办法，毕竟身份悬殊，职员和雇主的关系。小久讲完了故事，正在忙着继续整理东西，嘴里不停提出晚上吃饭的备选方案，牛肉面，士林夜市的面线，还是一顿热气腾腾的火锅，台北的五月，吃一顿火锅不会热到哪里去的。她在不停地讲着，既在等着天吾肢体语言的回应，也在为自己下一步的决定理清思路。李天吾心想，面前这个声称自己正在淡去的女孩儿，即使还没看到那个暗号，他也已经确定这个女孩儿和他一定有什么联系，他用鼻子深吸了一口气，张开了嘴。

"其实我在找一样东西。"

小久大叫了一声，躲进卫生间。

"我不是有意骗你，只是因为一些……原因，刚才哑了。"

久久的沉默，然后是金属水龙头旋转的声响和随之而来的水声，李天吾无法确定小久是不是哭了，他极想走进卫生间看一眼，可是就算他再笨一百倍，也知道那样做不合礼数。

"李先生，请你出去。"

如同在水帘洞后面发出的声音。孙大圣，天兵天将，没想到逐客令来得这么快。

"我可以帮你完成心愿的，而且如果我能够讲话，不是更方便吗？"

"你说得对，只是我不需要一个骗子。"

"我不是骗子，我只是有点犹豫，你回忆一下，在你过去的人生里，有没有因为犹豫而看起来在说谎的时候？"

"没有，如果我在犹豫，我会告诉对方我在犹豫，而不是假装不会说话。"

刚才那个可爱的小久，那个袜子随地乱丢的小女孩一瞬间不见了踪影，取而代之的是一个言语犀利，思路清晰的辩论者,这让李天吾措手不及。

"我也在找东西。也许需要你的帮助。"

"哈哈哈。"

"笑什么?"

"原来你不是要帮我,是要我帮你。"

"我只是想,我在这里人生地不熟,而你也需要一个人帮你照相,除了照相我还能保护你的安全。我们可以互相帮助。"

"一个人生地不熟的人来保护我的安全,谢谢你。"

"只要在你身边,我就不算人生地不熟,对不对?"

"恐怕你人生地不熟的状况不会改变了,至少不会因为我改变,请你出去吧。你知道可以请你出去的方式有很多种,目前是对你最体面的一种,如果我是你的话,我就赶快把握住。"

李天吾站起来,向门的方向走过去,警察的强迫症又一次袭来,他说:"你这么伶牙俐齿,也许应该去当律师什么的。"

在他拉开门的时候,门外的走廊如此陌生和空旷,小久在身后说:"那曾经是我的志向。不过,还是再见。"

李天吾回到了自己的房间,在小久隔壁,和她一模一样的房间,他发现自己正在不知不觉屏住呼吸,后脑贴靠着床头上面的墙壁,倾听着小久房间里的声音。

小久还是没有动静，天已经黑了，透过窗户，李天吾看见月亮升了起来，上玄月，如同紧闭的嘴巴，台北这座著名的不夜城迎来又一个灯火通明的夜晚。这是一个现实世界，老板许诺给他的现实世界，只不过是在一个现实的孤岛上，无法与陆地上的人取得联系，在这点上，老板不像在其他方面那样有得商量，容许他做一些讨论的尝试，而是面无表情地告诉他：明说吧，只要你与任何内地的人取得联系，无论以何种方式，那个人就会马上消失。当然也许你心里已经想到了一个名单，那些你想让其消失的人，那你大可以那样做。不过我提醒你，如果你的名单搞错了，我不会给你任何机会更改，不信你就试试。小久的房门开了，李天吾听得清清楚楚，他很想悄悄跟出去，像一个称职的警察那样，看看小久到底要到何处去。可是那又能怎么样呢？除了在骗子的头衔旁边，再加上一个更可耻的尾行者。李天吾只有选择逼自己睡去，或者说，只有强迫自己相信，小久不是那个向导，跟着她走只会误入歧途，如果她就此消失了，那只能说明她短暂的存在没有任何意义。可是无论怎么开导自己，他还是无法睡着，他目前的状态已经说明，即使小久是歧途，她的存在已经产生了无法抹掉的意义，便是铁定让他失去了一个晚上的睡眠。

敲门声来得是那样及时，李天吾还没有脱去上衣。

"我需要一个理由，让我再次相信一个骗子。而且还要让我相信自己没有出尔反尔。"

"首先，我相信你正在淡去，以不可逆转的趋势。我相信不是每个人都会相信的。"

"其次。"

"其次，其次我在台湾只认识你一个人。"

"这叫什么其次？刚刚认识的。"

"但是我已经确信，你能帮助我，我也能帮助你，解决彼此的问题。"

"说说你的问题。"

"我在找一座教堂，台北最高的建筑，里面有我一个朋友的去向。"

"据我所知，台北应该没有这么高的教堂。"

"我知道，所有人都这么说，可是不管有没有，我都要去找它，你明白我的意思吗？说实话，我曾经想要放弃了，但是我现在觉得，无论怎么样，还是要去找它。"

"不管有没有，你都要去找它。"小久用不再凌厉的声调重复了一遍。

"是。一个会使人淡去的城市，为什么不会有比101大楼还高的教堂呢？"

"那个朋友对你很重要。"

"曾经对我极其重要，可我把她弄丢了。"

"一直没有找到。"

"无论如何，也没有找到。"

"另一个方面的问题，你会用照相机喽。"

"我是摄影爱好者。"李天吾确定自己没有撒谎,尽管他过去照的最多的是尸体。

"你为什么会相信我正在变淡?这应该是很难相信的事情。"

"我看得出来。"

"不会吧,如果你一直盯着我看,应该很难察觉才对。"

"我是警察。"

"哪里的警察?"好奇心是多么健康而重要的沟通方式。

"内地的警察。"

"公安喽。"

"都可以,不过最准确的叫法应该是人民警察。"

"那么人民警察先生,你除了看出我正在变淡,还看出了什么,关于我。"

"还没来得及,不过我相信在之后的几天里,我一定会看出其他东西来。"

"你的真名叫什么?"

"李天吾,小名叫做小吾,我没有骗你。你大可以叫我小吾,虽然我比你老一点。"

"老很多,小吾。"

"是。"

"来到最后一个问题啦,你确定你真的需要我?"

"我确定。"完全发自肺腑。

"那么小吾,这是你的面线,记住要吃面线就去士林夜市，我从九岁吃到现在也没有腻。"

"记住了。"接过面线之后，李天吾再想说什么，关于向导的事，小久已经提着自己的那份向411房走过去了。

第二天李天吾在七点一刻醒来完全是拜小久的电话所赐，小久用S市清晨的冷空气一样清脆的语调送出了简洁的命令：五分钟后，楼下见，记得穿运动鞋。李天吾刚想告诉她，运动鞋不在他此行必备的随身物品之列，小久已经用同样清脆的动作挂掉了电话。小久穿了一身白色的运动装，马尾辫上不见了红绸，而是用一个黑色皮套系住。脚上穿了一双红色的运动鞋，似乎身上非此即彼，一定要有红色的一席之地。李天吾除了注意到她一双修长的腿和浑身上下散发的洗练的活力之外，同样发现睡了一觉之后，她整个人更淡了一些，明确说来，如同在用一种特殊的化妆品，每涂一层，人就消失一点。

"我没有运动鞋。"

"那你今天可能要辛苦一点。"小久看着李天吾脚上的黑色休闲皮鞋说。

"看来你带了很多衣服出来。"

"不是很多。"

"那是多少？"

"是所有。"

早餐吃牛肉面好了。当然好，怎么会不好呢。

牛肉面店的橱窗里除了挂着诱人的牛腩，还有马总统和面店老板的合影，两人同举着一只金色的奖杯。店里悬挂在顶角的电视里，身穿素色套裙的女主播正在播报早间新闻，政客们在娴熟地相互指责，年轻的黑帮分子枪杀了某个重要的角头，中部某个农民种出了台湾有史以来最大的西瓜。听着女主播几乎没有气口的播报，李天吾发现，他这个人的某个部分似乎正在起着某种变化，第一是在前一天晚上挽留小久之后，他好像变得愿意讲话了一些，虽然不可能一下子变成话痨那种状况，可是比起过去那个大多数时候被动说话的他，他现在有了一点想要说话的欲望，也许是真正成为哑巴那一个钟头，使他知道了讲话的珍贵，第二是他正在小心隐藏自己的东北口音，学着说更台湾腔的普通话，就像刚才小久问他：喜欢这家的牛肉面吗？

"喜欢呀。"

"我看是不喜欢，吃得这么慢。"

"哪有？在听新闻而已。"

哪有？这是什么话，谁能告诉我。李天吾在心里把这句话重新说了一次：没啥，听新闻呢啊。这还不够，远远不够，李天吾又把自己知晓的家乡脏话通通在心里骂了一遍，这才算找到了一点感觉。

"喂，你这么凶干嘛？"

"哪有？"操，又是哪有。

"你欺负人家没带镜子是不是，要不然一照就知道，你明明是在和谁斗狠嘛，脸上。"

"我觉得自己说话怪腔怪调。"

"当然，你是内地人嘛。"

"我是东北人，可是现在怎么开始有点台湾腔，短短一天？"

"所以你刚刚在气自己不小心传染上的台湾腔？"

"是，我把东北的脏话在心里骂了一句，感觉好了一点。"

"为什么要在心里骂？"

"什么意思？"

"讲出来嘛，效果一定会更好。"

"那怎么可以？"那怎么可以，操，李天吾似乎在和一支看不见的军队作战，捍卫自己的领地，可是目前看来，节节败退。

"当然可以，骂一句听听。"

"不好。"

"你们台湾人怎么骂人？"

"台语你听得懂吗？"

"听不懂。"

"骂起人来很威风的，这样，你教一句你们的，我教给你一句台语，保证你够威。"

"谁知道你教的是不是骂人话，我又听不懂，捉弄我我都不知道。"

"笨啊,世界上所有的脏话,一说就知道是脏话啦,要你听懂?"

说出来会好一点,也许果真如此。痛快痛快的骂两句脏话突然成为了很大的诱惑。

"好,我教你一句。这么着,我有两句,你挑一句。"李天吾又吃了一口半筋半肉的筋,等着身边的一对情侣站起来去结账。他说:"王八犊子和滚犊子。挑一句。"

"你讲得太快了嘛。"

"过时不候,挑吧。"

"那就后面那句吧,什么意思。"

"就是前面那句的意思。"

"解散!"

"好啦,那,这句话的意思大概是,其实很难解释,原意大概就是让对方离自己远一点的意思,犊子这两个字,其实是动物后代的意思,不过在这里差不多只是语气助词,为了加强那个滚字的效果。"

"Leave me alone 的意思,这么说对吗?"

"字面上的意思差不多,大概是去你的吧,这个意思。好啦,该你啦。"

小久清清嗓子,用台语大声说:"干你娘"。

刚刚结完账的那对情侣转过身来看发生了什么事。

"麻烦你小声一点。"李天吾低着头装作喝汤。

"这句一定要大声说才够力。"

错误大多是这种东西，当你认识它的时候，通常是你已经犯下了。李天吾陪着小久走进捷运站，走进车厢，和早高峰拥挤的台湾人贴在一起的时候，小久还在不停地练习着：滚犊子，喂，这句是不是比刚才好一点了。李天吾很想提醒小久不要对着他不停说这几个字，他从小到大还没有被别人如此集中的骂过，不过谁叫他刚刚自作聪明的解释这句其实是个语气助词，而小久是学生向老师求教的姿态讲出来的，李天吾一点办法也没有。他说的"够好了，已经不用再练了，比东北人骂的还地道"丝毫不起作用。车厢里各式各样的人，虽然肢体相互紧紧挨着，不过还是看起来斯斯文文，很多人手中拿着苹果IPAD，一手抓住塑料环，一手托着看新闻或者电子书，目光和IPAD以相同的频率摇晃，也有人耳朵里插着耳机，闭着眼睛，好像还没有睡醒，趁这个机会睡一个简短的回笼觉。车厢里飘荡着来源复杂的香水味，和S市的地铁公交车的味道截然不同，不过似乎除了他没有人在意。

"我们要去哪里？"李天吾其实没那么想知道，无论去哪，他也都要跟着去，不过此时急需把小久从那几个字的咒语中拯救出来。

"我的小学。原来你想知道啊。我还以为你根本不在乎。"

"我被你骂的脑袋都大了，刚刚想起来我们不是出来参加骂人比赛，而是去照相的。"

"告诉你,我已经学会了,如果有骂人比赛的话,我一定赢。"

任李天吾怎么设想,他也不会想到,小久带他来的小学竟然不是小学,而是一个公共棒球场。据小久说,她念的龙山国小离这里很近。只是她念国小的六年,几乎大部分时间都是在这个棒球场的看台上度过的。李天吾怀疑一定是她喜欢的男生经常在这里打棒球,小久否定了他的说法,她说:我只是喜欢棒球而已。

这天是星期二的上午,五月的台北,阳光大好,明朗的阳光底下,棒球场空无一人,一垒,二垒,三垒的石板上反射着另一种温暖的阳光。李天吾想起自己小学附近的那座足球场,尘土,阳光,无网的硕大的球门。他也曾在那里的看台上度过了许多时光,他喜欢那种空旷的感觉,小小的他,大大的球场,无限的阳光。他的脖子上挂着家里的钥匙,带着廉价的电子表,有时候会帮别人捡球,用小手用力抛进场去,钥匙就在他的胸膛上哗哗地响。有人在后面看着他,等着领他回家。好久没有想起这个场面,更使得这样的记忆鲜艳的好像油画一样。

"棒球好玩吗?"

"好玩极了。"之后的半个小时,小久开始详述棒球的规则,三振出局啊,全垒打啊,由原住民组成的红叶少棒队打败日本少棒明星队为台湾争光啊。

"好啦,现在我们可以开始跑步啦。"

"跑步?我们?你不是来照相的吗,我只管照相,可没说还要陪你运动。"

小久露出福尔摩斯面对华生时的表情,把食指举在李天吾面前说:"出发之前就告诉你带运动鞋,你没有自己猜到,不能怪我。"

有什么办法,李天吾发现,似乎除了准备迎接眼前这个酷刑,别无他法,因为小久已经拉着他的手,走到了棒球场里面。

"那,我们就绕着棒球场跑十圈,谁先跑完,算谁赢。"

"我认输。"刑罚的等级超过了他的想象,如果让犯人跑十圈,也许他们什么都愿意说。

"赢了的有奖品。"

"什么奖品?"

"保密。"

自警校毕业之后,李天吾最激烈的运动是跟踪疑犯,市公安局每星期组织的各种体育活动诸如羽毛球、篮球、乒乓球、足球,他都不去参加,尽管这些活动除了锻炼身体还能够和领导们联络感情或者有机会认识新晋的女警,他还是选择回到自己单位附近的公寓看电影或者读书,也经常独自去电影院看电影。一个人买票坐进去,通常是买最左边或者最右边的位置,这样不会妨碍成双成对的人,看完之后一个人走出来,慢慢回味电影里的场景。他之所以还保持着相对匀称的体型,没有开始变成一个各个角度都开始走样的准中年人,据他自己理解,应该完全是基因的问题。在他的基因里种植着执拗的命令:任你怎么懒惰,也不会发胖。基因就是这样神秘的东西,即是科学本身,也可以对抗其他更普遍的科学。

开始的两圈还好,这个棒球场的周长比警校的操场小很多,当年出早操的时候,可要穿戴整齐跑五圈的,下午还要去做其他训练,一旦偷懒,惩罚便接踵而至。已是十年前的事情,时光真是经不起推敲。到了第三圈,李天吾发现果然不出自己所料,他的基因给他的命令是:既然你怎么懒惰都不会发胖,还跑个什么劲,赶快给我躺下。两条腿随时要脱离躯干散落在球场上,几乎被烟草毁掉的肺里面,氧气快要枯竭,单靠鼻子已经没法喘气,只好张开嘴大口大口地吞咽空气,可是越是这样,氧气越是消失得更快。在太阳下面,汗水从所有毛孔里逃出来,好像泰坦尼克上的乘客一样。可是出乎他意料的是,小久虽然看起来信心满满,可是跑起来之后,已经被他远远地甩在后面,而且看起来不是故意逗他开心,其痛苦程度和他不差上下。李天吾看到了胜利的希望,凡事满不在乎的外表下隐藏的好胜心随着汗水浮现出来。还剩七圈而已,凭什么要让我放弃,他对自己的身体产生了极大的叛逆心理。不管你乐不乐意,今天我一定要跑满十圈才罢休,李天吾在心里知会了身体一声,继续拖着腿跑下去。后面的小久虽然已经被他甩开大半圈的距离，可也没有要放弃的意思，有几次李天吾已经快要追到了她的后面，可是每当李天吾想要拼尽全力，从她身边跑过，再奉送给她一个混合着安慰感和优越感的眼神时，小久都拼命快跑两步，使得李天吾对她的优势始终保持在一圈以内。跑过了六圈，李天吾的皮鞋已经不可逆转的成了另一种东西，鞋帮大大变了形状，小石子残忍地磨破了原本光亮的鞋尖，鞋带四散奔逃，好像蛇发女妖的头颅，李天吾没有力气蹲下来把鞋带系好，只要蹲下去，就会如同看见蛇发女妖的人一样，变成石头，再也起不来。李天吾十分清楚自己目前的处境，体力是不是足够支撑到十圈很难说，不过再怎么样，也不够分心做别的事情了。小久为什么还不认输这个问题在快到八圈的时候已经不是问题啦，就像他自己一样，小久一定是在等着他先倒下才一直支撑到现在。到了八圈之后，已经没有任何可以阻挡他的事情啦，疲劳感麻木了他的神经，基因修改了给他的指令：既然你要跑，那就跑好了，跑完了腿要废掉，你自己负责。双腿似乎天生就是该跑步的东西，或者说，已经习惯作为跑步工具的双腿没有任何要停下来的意思。汗水也已经流干，贴在脸上，贴在内衣里，变成了盐巴。肺也似乎在这个过程中，排出了堵在气孔里的污垢，长出了鲜红的通畅的新肺叶。

"我真的以为，我会这么跑着跑着就消失了。"第二个冲过终点的小久双手扶着膝盖，汗水顺着额前的发梢滴在尘土里。

李天吾双手叉着腰，环顾棒球场，除了他们两个，一个人也没有。他真想向所有观众们鞠躬，感谢他们的欢呼，也感谢他们见证了刚才史实一般的对决。

"你还蛮能跑的嘛，啊？"喘息了好一会，看见李天吾一屁股坐在地上，小久说。

"专程来到这里跑步，不会只是要证明运动鞋跑不过皮鞋的吧。"李天吾小心的掩饰自己咽唾沫的声音。

"喂，你一个大男人，这么说不觉得丢脸？"

"有一点，不过事实如此，我也没有办法。"

"我从来没有跑过步。"

"不可能。从小到大的体育课你都在干什么？"

"坐在旁边看别人跑。医生不允许我跑步。"小久已经坐回看台上，脸上的紫色已经消退，也许不是消退，而是变淡了。

"什么意思？"

"心脏。涉及到很多的医学术语，什么上升血管啊，什么左心瓣啊，概括来说，就是先天性心脏病或者说我的心脏有些结构上的问题。这也是我父母离婚的原因之一。"

"治不好吗，比如手术。"

"国小四年级的时候，做过，现在里面还有一个小机器在运转，用电的，换过一次电池。带着机器的心脏，听说过吧，我是一个部分意义上的机器人，怎么样，酷吧。"

"不觉得,尤其是我现在才知道,你刚才随时可能口吐白沫死在这里。"李天吾脱掉鞋子,看着脚上的血泡,一个,两个,三个,六个,六个血泡。史实一般的对决竟然差点成了愚蠢的自杀行为,而且他用六个血泡的代价拼命战胜的竟然是一个心脏病患者。

"死不掉的,死这件事没那么容易,我只是想在自己彻底消失之前,试一下痛痛快快的跑步是什么感觉。"

"什么感觉?"

"很棒,灵魂出窍耶,你没觉得?"

"一点没有,告诉你,灵魂出窍已经和心脏病发作已经很接近了。"

"好啦,先不要生气,趁我的汗还没消,我们来照相吧。"

小久走回棒球场边缘,双手叉着腰,胜利者一般留下了第一张照片。

一边走出棒球场,小久一边倒弄着照相机。

"麻烦你下次好不好把我照的再大一点。"

"如果我把你照大了,你一定会说,麻烦你下次能不能把背景收得更多一点。"

"有可能。不过你还是要努力。"

"我的奖品呢,我刚刚想起来还有奖品的事。"

"这就去领。我带你去找我的初恋。"

"这是什么狗屁奖品?"

"我还没有讲完,见他之前,我们先去商场,送你一双运动鞋。还有他可不是狗屁,他是我们龙山国小最厉害的男生。"

李天吾和小久赶到的时候,龙山国小最厉害的男生正在仁爱圆环附近帮老爸经营一家药房。药房和商场一样,使李天吾找回了一点亲切感,也许世界各地的药房和商场都差不多,世界经济体独立决定了商品贩卖的样式,即是使商品无不具备了一种请你买我的表情。站在药房里面,环顾着繁体字的阿司匹林,抗生素和奶粉,唯一让李天吾有点别扭的是脚上那双红色的 New Balance 跑步鞋,当你容忍了一个女生怪异的偏执感之后,无论怎样,身上的红色可是不能或缺的(虽然最后还是由他付钱,无论如何也不能让认识不久的十八岁女孩给他买鞋穿,这是属于他的偏执),你就应该承受其显著的后果,觉得自己在用别人的脚站立和走路。

"嘉豪在吗?"

"小久!哇噻!"穿着药房制服,还看不出哪里厉害的男生叫了一声。

"是我!怎样?"

"没有怎样,好意外而已。这么多年没见,能认出你也算我厉害吧。"男生从药品丛中转出来,一个很健壮的男生,脸上还有蓄势待发的青春痘,很像美国电影里那类乐天派男生的台湾版。李天吾发现他的左臂比右臂粗了一圈。

"生意怎么样?"

"马马虎虎,人们总要吃药的嘛。只是当兵之前让人家看店,自己去打牌,有点没人性。"

"这是天吾,这是嘉豪,是不是要握手?"

李天吾刚想把手递过去,嘉豪说,不用了吧,握手这么瞎。李天吾才意识到,对喔,这是一个年轻人的世界,no country for old men.

"你要买什么?如果是验孕棒什么的,我有几款推荐。"

"喂,小心讲话,这位是内地的人民警察。"

"哇,厉害厉害,是来台湾办案的嘛?抓什么人回去那种。"

"不是,不过,也差不多。"李天吾尽量缩短自己的话,多说无益,他们两个大孩子叙旧就好了。

"昨天晚上有人一身是血,来买抗生素和纱布,是不是有什么问题,那人一看就是有背景的。"

"不是。我查的是其他事情。"

"我们药房只有这样的事情比较像警察能够跟的样子,其他的想不出了。"

"喂,人家不是来查案的,是陪我来找你的。不要缠着人家说不停好不好。"

"知道啦,那,我问最后一句好了,你们的警察是不是也像台湾警察一样没人性，脸很臭，只知道开罚单。我前阵子只是在停在计程车……"

"我是刑警，不太了解。"

"了解了解。那最后一句，红色运动鞋很酷。"

干！

"嘉豪，我问你，台北有没有很高的教堂。"

"有啊，慈济会和天主堂都不矮啊，有三层楼。"

"有没有比101大楼还高的教堂？"

"怎么可能？你第一天住台北啊？秀逗啦？"

"那没关系。你想一下我们多久没见啦？"

"国小毕业就没见过吧，除非你在哪里见到过我我不知道。"

"确实没再见过啦。你还打棒球吗？除了开药房之外。"

"不打了，偶尔看看比赛，不过最近洋基队烂透了，被老虎队追了那么多分。小时候确实是很爱玩，受伤之后就不打了，球丢不快。你一定想象不到，我老爸的这家药房，简直没有……"

"等一下，你知道我为什么来找你？"

"对喔，你为什么来找我？"

"小时候我以为你会打进美职棒的，你的左手指叉球那么厉害。"

"那时候他们都叫我天才豪嘛，我也以为自己会打去美国，那种指叉球没那么难的，如果国中时候左肘没有受伤，随便就丢他一百个。"

"你知道那时候我每天都坐在南门棒球场的看台上,看你打球吗?"

"怎么会知道?你又没讲过。如果我一直盯着看台,球会丢到哪里去了。"

"那换种方式好啦,你记得我吗?"

"坦白讲,我们虽然同校,但是对你没什么印象,你不爱讲话,又不喜欢和男生玩,当然又没有现在这么漂亮,我只记得你叫小久啦,全名不记得啦,你全名叫什么?方不方便再把电话留给我?"嘉豪用手挠着后颈上方的头发。

"不重要,不重要,我确实是小久就对了。我来只是想告诉你,你知道吗,你是我见过棒球打的最棒的男生。"

"是喔?"

"简直有让死火山爆发的那么棒。"

"死火山爆发?"嘉豪的脸也红了,带有一点点困惑。

"总之,你是我见过最棒的棒球手,那,以后一定会成为最棒的药房老板。"

"嘿,是喔,虽然我老爸这间药房很没人性,也许等我回来我会把它弄得更好一点。其实,卖药没那么无聊的,你看这些可爱的小盒子。"令李天吾有一点意外,天才棒球手和药店老板的满足感竟然这么接近。

"那现在,你可不可以站过来一点,让天吾给我们照张相。"

"照相?"

"是照相。怎样,不愿意啊。"

"等一下喔。"嘉豪跑上了楼梯。

他再次出现的时候,换了一身棒球服,带着棒球帽,手里拿着棒球和棒球手套,只是这身行头看起来正打着慵懒的哈欠,似乎不情愿刚刚从大睡中被唤醒。棒球手套上还有残留的灰尘,好像博物馆里正在被展出的古代盔甲,突然穿在了一个顽皮的现代人身上。

"小时候那身衣服已经穿不下了,这身是后来买的,一直没机会穿,还很新,正好用来照相。不过帽子可是国小的哦,奇怪,脑袋竟然没有变大。"

棒球帽上果然绣着龙山两个黄色的字。

与李天吾按下快门几乎同时,龙山国小最厉害的男生在安静站定的小久身边摆出了一个潇洒的投球姿势,嘴里嚷了一声:"时光倒流喽!"

四 存档-2 后进生安歌

安歌转入我们班的时候，也就是我认识她的时候，我们都是十六岁。她的父亲是个钢琴家，母亲是个雕塑家，而她是个后进生，且后进的程度相当惊人。自从她高一下学期转到我们班，我们班其他的后进生突然之间发现，原来真正的后进是这么回事，就是全方位的后进，不给别人一点机会。据住在她家附近的同学讲，她原本是一个普普通通的学生，在十四岁之前，也就是初中二年级之前，都没显露出放弃自己的天赋。在十四岁时，她的大脑受到过一次重创，关于重创本身，有几种说法，一种是在皇姑区宁山口一个相对陡峭的下坡，她松开了自行车的车把去扎自己披在肩膀上的头发，撞上了路边的书报亭，在琳琅满目的杂志和报纸中晕了过去。另一种说法是她的妈妈除了是一个享誉亚洲的著名雕塑家以外，还是一个享誉邻里的家庭暴力者，一次用她爸爸放在钢琴上的用以教学的节拍器，狠狠地击打了她的太阳穴，致使她昏迷了好多天，醒来之后就变成了现在的样子。还有一种更全面的说法是，她撞上了书报亭之后，她妈妈一气之下又打了她。其实她看起来很正常，据说他的父母领他去北京上海都做过全面的检查，智力测验也做了无数，结果全部指向她的大脑没有一点问题。可奇怪的是，从十四岁开始，无论因为什么样的原因，她都义无反顾地成了一个后进生。而这些本应该和我没有任何关系，一点关系都没有。

就像她的家庭和她的关系一样，我从某种程度上说，也是一个异数。父母都是大型电机厂的工人，一辈子负责在生产线上制造三层楼高的大型电机。我清楚的记得自己很小的时候，也许是七岁，也许是八岁，父亲一次端着一杯三块五毛钱的老龙口口杯对我说：儿子，这里面才是我的家啊。看我没有听懂，便抬手给了我一个嘴巴。而母亲那时正在厨房里，站着吃前一天的剩菜。而这些，包括酗酒最可怕的朋友，谩骂和暴力，都没能阻止我成为一个不算太差的学生。在小学五年级的时候，我便基本上掌握了一套对付考试的方法，只有语文这个科目我无法完全掌控，尤其是作文，到了高中的时候，虽然其他科目随着年龄的增长日益精进，作文却还是停留在使用小学时的词汇讲一个无法自圆其说的故事的程度，这也是限制我成为顶尖选手的唯一因素。同样不可否认的是，我不算聪明，不是那种老师一点就透，然后可以随心所欲地玩耍的学生。我极其用功，到了类似于一种苦修的程度，具备这样的能力不得不为父亲酒后对待我的方式记上一点功劳，即是我从小便被迫养成了对自己残忍的能力。

所以，非常容易理解，当老师宣布，我和安歌即将在五分钟之后成为同桌的时候，我的愤怒失去了控制。我大声说：老师，我不和她一座。老师说：到底你是老师还是我是老师，不服就他妈的趁早给我滚蛋。我们的老师是一个女孩子，比我们大不了多少，可是一旦激怒了她，使她骂起人来，你就会相信，尽管脏话大多数是男人发明的，可是只有到了女人嘴里才能产生最大的杀伤力。她骂人的技巧之妙，在于她可以一边不停说出脏话，一边用眼睛传递着弦外之音。那天的弦外之音就是：如果你听话，你还是我的好学生，错不了。于是我说：和她一座可以，但是如果有一天她受不了了，可不能怪我。老师说：把嘴闭上，赶紧搬吧。

安歌在上课的时候有三大爱好。看小说，听音乐和演哑剧。最后一项是前两者的衍生品。脸上的表情随着手上的书页和耳机的旋律起着变化，微笑，严峻，感动，沉重，虽然她把这些表情所能连带发出的声响降到了最小，几乎可以忽略不计的地步，可是光是她沉默的在我身边表演各种表情就够受的了。到了第三天，我终于忍不住和她说了话：哎，你哭什么？她抬头看我，脸上还有泪珠，说：我哭了吗？我说：自己摸摸，哭了都不知道，看什么呢？物理老师在讲台上正讲着双缝干涉的原理，我一边想听光的波动性质，一边想知道身边这位哭个什么劲，这种矛盾反映在脸上，就是一种混合着好奇心的怒气冲冲。她说：一本小说。我放弃了光的波动性质，说：那都是假的，你也信？她说：这书的作者说过，对了，是引用别人的话，强劲的想象产生现实。我说：胡说，想象怎么可能变成现实。她说：我觉得这里面涉及到，很难讲，可能涉及到对想象和现实的定义。不过也可能你说得对。我说：作者还胡说了什么？她用手抹了一把脸，瞄了一眼老师，把书放在膝盖上，小声念道：1965年的时候，一个孩子开始了对黑夜不可名状的恐惧。我回想起了那个细雨飘荡的夜晚，当时我已经睡了，我是那么的小巧，就像玩具似的被放在床上。屋檐滴水显示的，是寂静的存在，我的逐渐入睡，是对雨水水滴的逐渐遗忘。应该是在这时候，在我安全而又平静地进入睡眠时，仿佛呈现出一条幽静的道路，树木和草丛依次闪开。一个女人哭泣般的呼喊声从远处传来，嘶哑的声音在当初寂静无比的黑夜里突然响起，使我此刻回想中的童年的我颤动不已。安歌的声音轻柔平稳，就像是湖面上的风，吹拂在黑夜里飘荡的孩子的发际。我十分确定就是那个时刻，小说这种东西以其自身的样子出现在我面前，不是如同语文课本上那些，以等待解释的姿态出现，而是以单纯的等待阅读的样子出现了。可我当时并没有意识到这一点，我问了一句：使我此刻回想中的童年的我颤动不已，这是个病句不？她说：我觉得不是。是现在的我看见了童年的我。我极想同她就此展开争论，之所以我闭上了嘴，一个是因为物理老师已经注意到我们，我用余光接收到了他眼神里暗含警告的波动性质，一个是因为我的小说知识太过匮乏，一旦纠缠起来怕是讨不到便宜。我只是说了一句：修改病句是一道两分题，然后就面向黑板继续听课了。

她从不主动和我讲话，我将此理解成，对我在所有人面前拒绝和她同桌的报复，而且这种报复进行得十分彻底，因为她不像其他的同桌那样经常有求于我，让我讲题或者在平时的测验中，把卷纸向旁边靠一靠。她毫无这方面的需求，而且我对此的回应，即拒绝认错和拒绝主动和她讲话，似乎正合了她的意。她可以更彻底地沉浸在自己那三个爱好里面。所以当我忍不住在那天和她讲了话之后，我的自尊心在一瞬之间被好奇心打败了，并且随即认识到一个十六岁男孩的自尊心是多么虚无的东西。她的哑剧表演成了我除了卷纸上的题目之外最想要解答的谜语。在她一个又一个平静的答案满足了我的好奇心并且开阔了我的视野之后，我主动向她承认了我的错误。我在一个下午的自习时间说：你应该有一支2B铅笔。她说：我不用。然后闭上眼睛继续听她的CD，SONY CD机放在桌堂里，白色的耳机线隐藏在头发之中。我从书包里拿出一支新的2B铅笔削起来，等到我几乎把笔尖削成了凶器的形状，她也没有发现我正在卑微地为她削着铅笔。我只好推了推她的胳膊，把铅笔放在她面前说：给你。她看了看铅笔说：谢谢你。我说：不用谢，不费什么劲，但是考试用得着，别的铅笔涂的答题卡机器不识别。她说：我可以用它画画吗？我说：它是你的铅笔你说了算。她说：那好。然后又要闭上眼睛。我赶紧说：上星期我说的话，你别放在心上，我是和老师怄气来着。她说：上星期你说什么啦？我说：我说我不想和你一座，其实无所谓，就是为了煞煞她的威风，谁让她老用粉笔扔我们。她说：你不愿意和我一座也没什么错。你成绩那么好。我感觉到害臊的厉害，好像光着屁股被人看见，那人还说，你光屁股有什么不对，屁股长得这样圆。我说：你没明白我的意思，我真的，真的不是不愿意和你一座，你也知道，班里的风气就是这个样儿。她说：知道啦，你真的真的不是不愿意坐在我旁边。我说：还有，我从来没替同桌削过铅笔。她说：真的？我说：千真万确，我自己的铅笔都是我妈给削的。她把桌面上的那支铅笔放在了文具盒里，说：那我会照顾好它的。我说：那能不能以后，有什么话就说，别搞冷战。她说：什么是冷战？我说：就是像小屁孩儿似的，憋着不说话，谁先说话算谁输。她说：我没有啊。我说：那你干嘛老不说话？她说：我只是没那么多话想说。你要听听音乐吗？说完摘下了左边的耳机。我说：什么音乐？她说：莫扎特的《安魂曲》。我说：好，莫扎特，安魂曲。我不知道自己是什么时候睡着的，醒来的时候两个耳朵都插着耳机，SONY CD 机放在我的桌堂里。窗外一片漆黑,夜晚来临,安歌已经不见了。

安歌虽然从不听课,但是很少旷课,也很少迟到,即使在感冒发烧的情况下,也都安静地从早上七点坐到晚上六点,似乎按时上下学对于她,是一种必须要完成的仪式。在高二开学不久的一天,她没有来。原因是她在家里切水果的时候,不小心割伤了右手的食指,伤口之深,就算后来痊愈了之后留下的伤疤也看上去像是摘掉戒指留下的浅色地带。恰巧那天,安歌的妈妈来到了学校,为学校正门的一尊雕塑揭幕,雕塑的内容是一位看上去普普通通的女老师正在弯腰为一个看上去普普通通的男孩子插上翅膀。事实上我第一眼看去,以为是什么人在给那孩子的后背动一个手术。安歌的妈妈是我见过最年轻最有风度的妈妈,身材高挑,穿着灰色的风衣,脖子上围着红色格了的围巾,两只大手垂在身侧,整个人本身就像一尊雕塑一般。第二天安歌右手裹着纱布,按时来到了我身旁的座位坐下。我吓了一跳,说:手怎么了这是?她说:切水果溜号了,切在手指上。我说:你可真是溜号的专家啊,昨天的事儿?她说:嗯,昨天早上。我说:你知道吧,昨天你妈妈来了,我们都看傻了,校长好像比她老了三十岁。她说:知道,我妈妈喜欢打扮。我说:不是不是,是那个气质。她说:嗯,我妈妈是有气质的。我看今天不太适于聊天,就住了嘴开始写练习册,写了几页化学判断对错题,我突然说:你是左撇子?她说:不是。我说:你切水果用哪只手?她说：我忘了。我说：你是故意弄伤自己的，对吧。她把耳机插在了耳朵里，我伸手把耳机扯下来，说：你干嘛要弄伤自己？她说：我忘了。我把耳机放回她的耳朵，她的耳廓冰凉，我撒开手之后说：随便你。

新一轮的"看谁先说话"游戏开始了。虽然父亲酗酒这件事，某种程度上也是一种自我伤害，虽然当时我只有十六岁，可我认为我完全具备了了解他的能力，他曾经有着清澈的头脑，深厚的家学和茁壮成长的求知欲，他会做能飞到云端的大风筝，会用毛笔写漂亮的蝇头小楷，若不是爷爷加入了国民党，在东北失守，华北失守，南京失守之后，把妻儿抛下，从青岛上船独自逃到台湾，他本可以得到机会成为他那个年代最优秀的一撮人，可是一切都因为爷爷的问题而灰飞烟灭了。他成了他本不应该成为的工人，娶了他本不应该娶的馒头铺家的女儿，生下了一个他本不应该生下，和他性格完全相反的儿子。终于他义无反顾成为了一个酗酒者，和之前所有际遇一样，都不是他的责任。所以他选择继续成为一个酗酒者，放弃所有清醒的时光和所有责任。这种自我伤害，更准确地说，是一种自我怜悯和自我陶醉。之所以会想到这些，因为我发现安歌是一个和他完全不同的自我伤害者。安歌为什么要伤害自己，在"看谁先说话"的游戏进行中的时候，我反复思索，甚至导致了罕见的上课溜号，终于我认为我找到了答案，就是她除了伤害自己，无法表达，她对于她无法抗拒的事实的抗拒。

当这个答案浮出水面的时候,我结束了这个游戏。一堂政治课之后,我一边从书包里拿出下一堂课的课本,一边说:你想没想过,如果你成绩很好,你在父母面前就可以站直了说话了。没有任何对游戏本身的尊重,她摇摇头说:没用的,在他们面前我永远站不直。我说:为什么?你又不是没有腿。她说:因为我永远成为不了他们,达到他们的成就,家里容不下那么多的艺术家。我说:你不是很爱看小说,也爱听音乐?她说:我只懂一点欣赏,欣赏而已,不能创造。我说:那你可以当个评论家啊。欣赏完了说出个四五六。她说:欣赏和评论是两回事,我只知道这个东西美,但是说不出来为什么。我只能把小说念给你听或者把音乐放给你听。别的什么都不会。我爸说我是个废物。我说:人总有擅长的事情,你也肯定有。只是你没有发现。她说:我没有。我说:好好想一想。她想了一想说:也许,我会修理东西。我说:修理东西?她说:不知道算不算,我家里的东西坏了,我就偷偷把它们修好,我父母一直以为我们家的东西永远都不会坏。我说:对啊,也许你以后可以成为世界上最棒的修理工。她重复了一遍我的话:世界上最棒的修理工。我说:是啊,世界上没有你修不好的东西。她拿眼睛看着我的眼睛说:听起来真不错。

因为安歌一天到晚老是弯着腰,而且头发留得很长,刘海和耳边垂下的黑色直发遮住了大部分脸庞,所以如果不用心观察,就很难发现在她似乎永远睡不醒的表情后面,是一张相当迷人或者说相当性感的脸。这张脸的迷人或者性感之处在于,她并不觉得自己的这张脸孔有多么特别,或者说以一种真挚的自卑感给这张脸孔注入了个性,这种个性在我无法看到这张脸的许多年之后,终于能够相对准确的概括:在最青春的年纪却自甘凋谢使她的脸有了同龄人无法具备的宁静之美。不知道是幸运还是不幸,在我十六岁的时候,已经先于其他人感觉到这种美丽的冲击,在其他人还在私下里嘲笑这个科科不及格的哑巴一样的普通女孩的时候,我已经在梦里多次吻上了她的嘴唇。我的成绩在悄然下滑。全仗着多年间和考试搏斗的丰富经验,我的成绩才没有一下跌落到成为学校新闻的地步。

而在这期间,她修好了我沉睡多年的电子表和妈妈刚刚坏掉的半导体,并且据她说,再次缝好了她床上那只胳膊经常掉下来的小熊。她床上的小熊,当她说出这几个字的时候,一股热浪冲上了我的额头。我幻想着自己变成她床上的小熊,在月亮出来的时候变回我自己。虽然我的科学知识还难以具体地告诉我,该如何完成侵犯。几个老师轮番找我谈了话,希望我的成绩持续不断的下滑只是为高三的真正冲刺调整出来的一个小波动,而不是一个优等生无可挽回的陨落。即使是在老师和我谈话的时候,那几个字,床上的小熊,还是在我脑中回响,我终于明白了那个作家的话，那是真的，强劲的想象产生现实。

在一个傍晚，彩霞就在窗外，而我和安歌的座位就在窗户里面。马上要进入高三，放学时间延后到晚上九点，秋日里漫天的彩霞终会消逝，迎来的是漫长的晚自习时光。校园的操场上没有一个人，只有落叶贴着地面跌跌撞撞的飘荡。篮球架上的篮筐只剩下铁圈，好像手铐一样把篮板锁在它的身边。安歌偶尔抬眼看看窗外的彩霞，偶尔低头继续修理我的一支坏掉的钢笔。那支钢笔是小时候姑姑送给我的，我用了好多年，笔尖已经无法正常的闭合，稍一用力，纸上就会泄出一片钢笔水。姑姑是我学业的主要资助者，或者说接近于唯一的资助者。她比父亲大十二岁，同属羊，爷爷逃走的时候，带来的唯一消息就是给她的。消息写在一张军用的便签上，姑姑说，虽然看出写得匆忙，可多年修习魏碑和多年的军旅生涯，使爷爷的笔迹在任何时候都有着遒劲的力道。便签上写着：雅春，我军现已溃败，我即将于青岛上船，刻不容缓，前方何处，说法甚多，犹未可知。你们母亲不在已久，此乱世只有靠你担起责任。老宅中字画当可变卖。不日我便回来。父。虽然这张便签在"文革"的时候已经填了灶坑，可姑姑记得其中的每一个字。她说，也许是她没有理解"不日"两个字的含义，原来"不日"是没有那么一天。姑姑从北大荒回来，嫁到了S市旁边的小城J市，当年辽沈战役的胜负手，做了一名护士。生活还算如意，退休之前已经做到了护士长，住在 J 市中心的一栋幽静的小楼里，邻居都是医院退休的教授和副教授。随着时光流逝，超过爷爷杳无音信，父亲，这个当年全家最为疼爱的小弟弟，已经成为她人生最大的创痛。她选择了我，我父亲的唯一儿子，作为她"在此乱世担起责任"的延续。所以我自从九年义务制教育结束之后，也就是随着我考上城市里最好的高中，我的经济基本上从家里面独立出来。姑姑每年开学，都从 J 市坐火车到来，把这半年所需的生活费和学费交在我手上。她完全洞悉了我家的组织架构，把钱交给我父亲肯定是不可行的，他会证明由钱到酒之间的距离是多么微小，简直可以忽略不计；把钱交给我母亲，她的软弱只会为由钱到酒的距离前面添加一次简洁有效的打击，而打击本身恰好可以充作父亲喝酒之前的开胃菜。她只有选择，把钱交给我，她知道我虽然还是个孩子，可是抗击父亲的能力已经不容小觑，谁也别想拿走我用来念书的一分钱。

就在教室里的三排日光灯依次亮起的时候，我对安歌说：我会捍卫你。她说：你的钢笔修不好了，笔尖再也不能用了。我说：无论如何，我都会捍卫你，请你相信我。她说：你为什么要捍卫我？我说：我不知道。我只是想告诉你，如果你掉进水里，即使我不会游泳我也会救你，如果有人伤害你，即使我赔上性命，我也要伤害你的人受到比你厉害十倍的伤害。她又一次拿那双深井一样的眼睛看着我，而这次我相信我听到了一点井底呜咽一般的水声，她说：我也会捍卫你。我说：你是因为我这么说了才说的吗？她摇摇头说：这件事我前一阵子就知道了。如果你受了伤害，我没有能力去帮你报仇，我胆子太小，但是我可以把你修好。我说：如果我像这支钢笔一样，再也修不好了呢？她说：你不会的，你的生命力很强，总会被我修好的，而且这支钢笔。她把我的钢笔放在了她的文具盒里，说：我忽然想到，我可以回家为你换上一个我的笔尖，我有一支笔的墨囊坏了。

之后，又是几天的默契一般的沉默，似乎关于相互捍卫的盟约从来没有发生过，我们又像是陌生人一样并肩而坐，我搞不懂为什么如果我不说话，安歌从来不主动和我说话，似乎她在世界上的主要任务就是回答，而不是发问。越是这样，她越是频繁的来到我的梦里，然后在清晨无论我如何挽留，甚至流下眼泪，也要从我的梦中走出去。来到高三之后，我的日渐消瘦和成绩下滑终于成为新闻了，就连我很少清醒的父亲，都听到了风声，并且在一天我放学之后，郑重其事地揍了我一顿，然后说：不爱念就给我回家，钱是这么花的吗？在把我的书包大头冲下倒了个干净，在文具盒里，在书页之间没有发现一分钱之后，他又狠狠地照我屁股踢了一脚，然后穿上衣服走出了家门。我妈妈这时候走过来，扶我起来，说：你的老师今天把我找去了。我说：知道。她说：她说你忽然之间变成了另外一个人。我忍住眼泪，我从小到大忍住的眼泪也许可以装满一个湖泊，说：妈，无论我以后怎么样，我都会孝顺你的。她擦了擦眼泪说：我知道，我只是告诉你，如果你要变成和你爸爸一样的人，你最好现在就告诉我，不要让我最后一个知道。我说：我不会的，我只是有点累了，歇歇就会好。妈妈相信了，她就是那么喜欢相信人，我爸爸的一句：明天不喝了，去找个打更的工作，让她相信了二十年。她帮我铺好了床，说：累了就睡会，醒了我给你下一碗面条。

　　第二天我没有回家，第二天是考试日，高三的第一次模拟考试，我知道自己将又一次刷新自己成绩的最差记录。我突然决定晚上不回家，而我知道我一旦这么做了，等待我的将是一种生活的彻底消亡，可是我没有办法不这么做，不回家，睡在一个不是家的地方，睡在没有人认识我的世界里，是我当时唯一能想到的，让自己开心一点的办法，一次短暂的逃亡。在那天考试之后，安歌像往常一样，把CD机，课本，文具盒一点一点整齐地放在书包里，好像一个家庭主妇在整理自己的厨房。我说：今天我不回家了。她说：你去哪里？我说：还不知道，在附近走走吧。她说：那明天见。我说：明天见。我不会用电脑，错过了过去两年风靡学校的电子游戏，去网吧度过这样一个夜晚只会对着一个全然冷酷的天蓝色电脑界面发呆；我还未满十八岁，没有任何一个宾馆会让我入住，除非我会说谎，编造一个对于我来说十八岁以上的人才会编出来的谎言，所以我最终选择了学校附近的南湖公园的长椅躺下，枕着掏空了书本的书包看天。九月的杨树林上的天空没有一片云彩，只有透明的天空本身，安歌的书桌上曾经放了一本日本人写的小说，繁体字版，好像叫做《接近无限透明的蓝》，那无限透明的蓝就是当时那个天空的样子吧。我努力想象这天空的背后是什么，除了无数的星辰，无数的尘埃，天空的背后恐怕还是天空。我忽然想到天空也许就是这样的东西，任何比喻都无法将他很好的形容，描述天空最好的方法就是：你看，那里什么都没有，那是天空。在躲过了几次公园管理员的巡查之后，在看过了几群乌鸦呼喊着从寂静的天空飞过之后，天空消失了，黑夜从四面八方来临。我扣好外衣上的纽扣，双手抱住自己的肩膀，准备入睡。在抱住自己的时候，我发现，我瘦得是这么厉害，曾经圆廓的肩膀现在已经能够用手清楚的触到每一块骨骼。在入睡之前，我再次回想了一遍那些天来我不断向自己提出的问题：为什么我的身上会发生这些，这些困惑曾经离我那么遥远，而我也曾经确信即使有什么人把这样的困惑端到我面前，我也会咳嗽一声，然后低头解答另一道解析几何题。而现在，我深陷于这样的困惑之中，没有人能够解救我，我目睹着自己正在变成我曾经最为厌弃的那种人，并且在这个过程中得到了意想不到的快乐。我不禁说出声来：这到底是他妈的怎么回事儿？而这句话在过往的几个月里，正是我的老师多次指着我的鼻子问我的。在又一次没法给出合理的答案之后，我决定闭上眼睛，忘掉这些超过我思考能力范围的疑问，只是用心感受秋天长椅的木板传递到我后背上的坚硬和凉意，迎接人生第一次自由的睡眠。

　　这时在黑暗中，一个瘦削的人影在向我靠近，我以为公园管理员凭着直觉又来骚扰我这个业余流浪汉了，正想要翻身拿起书包躲进杨树林里，安歌已经轮廓清晰地出现在我面前。"和我想的一样。"她把书包放在长椅上。"我能坐下吗？还是你要继续睡觉。""请坐。"我的心开始狂跳。她一边从书包里向外拿东西，一边说："我给你买了点面包，不知道你喜欢吃哪一种，所以我把自己最喜欢吃的三种都买了。"然后她拿出了两罐啤酒，说：你喝酒吗？我说：不喝，我看你喝就行，我习惯看别人喝酒。她点点头，又拿出一包烟，牌子是"红双喜"，上海卷烟厂出品，在鲜艳的"喜"字底下，写着：吸烟有害健康，尽早戒烟，有益健康。"你也不抽烟，对吧？"我说："不抽，二手烟我不介意。"她又点点头，好像我的每一个答案都在她意料之中。在暮色里我看着她平静的脸和我所熟悉的那张脸上惯有的全无所谓的表情，我发现虽然我曾经信誓旦旦的宣称要用自己的生命去捍卫她，可事实上，我在她面前更像个孩子，而她似乎已经深谙成人世界的规则，或者说，站在成人世界的门口，看着我摇摇晃晃向她走来。她打开了一罐啤酒，用嘴堵住正在溢出的泡沫，然后说：嗯，味道还不错。我说：给我喝一口。她说，你刚才说不喝。我说，刚才是刚才，现在想喝。然后我学着她的样子，拉开了啤酒罐，堵住泡沫，冰镇啤酒的味道像一只冰冷的手穿我的头发，我一口气喝掉了大半罐，然后发觉自己来到一种美好的状态，觉得眼前的一切都让人欣喜，树林让人欣喜，长椅让人欣喜，夜晚的凉意让人欣喜，安歌的突然到来让人欣喜。她说，感觉怎么样？我打了一个嗝，笑着说：很好，很高兴。她说，我也是第一次喝酒，感觉和水差不了多少。我说：你要喝一大口才行。她学着我的样子，把啤酒罐举高，喝干了整罐，等了一会，说：这回好像有点不一样了，好想唱歌。我摆手说：唱！她说，不，我今天不是来唱歌的，我是来，她用手拨开粘在嘴巴旁边的头发，我是来捍卫你的。我又摆摆手，不知道为什么那个时刻突然热爱起摆手来。我说：好啊，你来捍卫我，我还真是太需要捍卫了。她笑着说，我的印象里，那是她第一次冲着我笑，一个孩子应有的笑容：一个人不够，就两个人，无论有什么事，两个人足够了。我把脑袋向后仰，搭在长椅的靠背上，冲着天空说：那还用说，肯定够了。她也学着我的样子把脑袋仰过去，只不过她的头发比我长，好像麦穗一样垂在我旁边，她说：你知道我要怎么捍卫你吗？我说，不知道，说来听听。她说，就像我说的，我要把你修好。我说：你知道我哪坏了吗？她说：知道一点，现在我可以开始修了吗？我说：来吧，我准备好了。她拉住我的手，用她的手指扣住我的手指，说：我在看一本书。我说：什么书？她说：一个女作家写的书，里面有一首圣诗，应该是唱的，可惜书上只有文字，没有音符，我们一起来念，好不好？我说：那还用说，好极了，我们一起念。她说：我念一句，你念一句，现在开始。然后她低下头，我也低下头，跟着她，跟着她的手，跟着她的声音，念道：大山可以挪开，小山可以迁移，但神对人的大爱，永远不更易，祂使过犯离我，远似东离西，祂使慈爱临我，高如天离地，被压伤的芦苇，祂总不折断。将残灭的灯火，祂总不吹熄，天上飞的麻雀，一个也不忘记，野地生的小花，妆饰多美丽。日头照耀好人，也照耀歹人，降雨赐给义人，也给不义人；这爱长阔高深，一视皆同仁，但愿万人得救，不忍一沉沦。

念完了，她说：感觉好一点了吗？我说：还可以，"祂"就是"神"，对吗？她说：应该是的，祂就是天父。我说：天父就是上帝，就是基督耶稣，就是外国人信的那个万能的主，对吗？她说：应该是。我说：我不信。她说：你不信什么？我说：我不信他能做那么多的事。你信吗？你信这个，信祂无所不能？她说：我不知道，我也不是基督徒，我只是觉得这首圣诗很好听，念了之后心情会好起来。我说：我没好，而且就算诗里说的都是真的，我也觉得祂不怎么样，降雨赐给义人，也给不义人；这爱长阔高深，一视皆同仁，但愿万人得救，不忍一沉沦，我不能接受祂这么滥用好心，不义的人为什么要得救？就像有的人，他活该应该受罚，他这辈子除了让别人难过，什么也没做，如果上帝救义人，就不应该救他。我认识这样的人。她说：你怎么能确定，谁是义人？你是吗？我喊道：我就是，我他妈的就没干过坏事。她说：你好好想想。也许我们都是不义人呢。我想了想说：你是不义人吗？她说：我觉得我是。我说：为什么？她说：没什么，我说过我梦见过你吗？我说：没有。她说，我把我的梦讲给你听听，也许你会好一点。想听吗？我说，想，我也梦见过你，一会讲给你。她认真思索了一下，用一种近乎完全丧失了感情的语调慢慢讲起来：

在梦里头，只有我们两个人，坐在一条小船上。船没有桨，也没有帆，我们坐在上面，随着海水飘荡，看不见陆地，看不见岛屿，四周只有绵延向天际的海水。阳光照耀着海水，也照耀着我们。我们拉着手，看着对方微笑。不知从哪里飘来了歌声，歌词我还记得：

蓝蓝天空银河里

有只小白船

船上有棵桂花树

白兔在游玩

桨儿，桨儿看不见

船上也没有帆

飘呀，飘呀

飘向西天

直到天色晚了，远方的天空消失了，海水和天空一起变成了沉重的黑色。歌声停止了。这时海水从船底渗进来，不知道什么时候，船底有了一个小洞，海水就是从洞外钻进来的。船在下沉，水漫过了我们的膝盖，我求你带着我赶快逃走，你说你不想逃走，你只想像现在这样，一点也不想改变，即使我们一同沉下海底。船终于翻覆了，在翻覆的一瞬间，我抓住了你的手，另一手抓住了船舷。我知道，再等一会，我们就会和木船一起沉没，除非只留下一个人。这时在视野里最远的地方，在遥远的海面上，出现了一枚灯火，那灯火如此微弱，如此高远，不知是从天上降落下来，还是从海底升腾而上。在灯火的下面，是一座岛屿。我告诉你，要抓住船舷，海水会把你送到那座岛屿上去。你舍不得我，抓住我的手不松开。我告诉你，如果让我离开，有一天我会回来，如果你不放手，你就会永远失去我。说完我推开你，爬上了船底。海水把你一点点冲远，向着灯火而去。你向我挥着手，让我赶快回来找你。我看着你在海面上越来越小，终于消失，然后我闭上眼睛沉入了海底。冰冷的海水包围了我，在我失去意识之前，在我彻底死去之后，我还没有忘记你。

讲完了之后，她从我手中把她的手抽回去，然后看着我说：很无聊是不是？我说：不是。她说：不许撒谎。我说：我没撒谎，听得入迷了。她点点头，说：你的梦呢？

我说：我的梦。她说：对，你的。我不看她，看着面前一棵一直沉默不语的树，树叶好像千万只耳朵，说：我的梦，是你把手放进我的裤子里，梦见了不知多少次。她说：你刚才认真听我讲的故事了吗？我说：很认真，几乎可以原封不动的再给你讲一次。她说：那就好，我们现在干什么去？我说：我想你把手放进我的裤子里。她说：我不相信你这么想。然后她站起来说：我得回家啦。我说：好吧，虽然你没有兑现承诺，但是我还是谢谢你。她说：我没有兑现承诺吗？我说：是，你没把我修好。她说：如果我答应你，也许你会坏得更厉害，我有预感。我说：我的预感正相反，我会捍卫你，我不会食言。她说：我也没有食言，我能做的已经做了，剩下的事需要你自己来。我拉住她的手，把它放在自己双腿之间，说：求求你，帮我一次，然后我就又是一个好学生了，我保证我再也不会有什么妄想，只要你帮我一次。明天开始我就会用功读书，我有这个把握，一个月之后我就会恢复，我会念中国最好的大学，我会想你，但是我们不会再见面了。她说：你确定吗？这就是你现在想要的？我说：我确定，就是想要这个。但是我又不知道，我不知道你该怎么弄，我是说具体的。她点点头，我明显地感觉到，她知道。她重又把书包放下，蹲在我两腿之间，拉开我的拉链，长发落在我的大腿上，在掏出那因为等待了太久，已经过分勃起，几乎于红肿的阳具，在把它放在嘴里之前，她说：答应我，不要弄在我嘴里。

我爽快地答应了，然后我食言了，她的技术纯熟，而我一触即溃。

她咳了一阵，说：我得走了。我抓住她的胳膊说：让我抱抱你。她摇摇头说：我知道你想干什么，但是我得走了。我加大了力度，指甲抠进她的肉里说：你不知道我想干什么，我只是想抱抱你。她努力挣脱了我，把书包背在肩上，说：我重要吗？我站了起来，说：你是我最重要的人。她：那你会听我的话吗？我走近她说：一定，除了今天。她说：那就好，我还是相信你。明天开始，你就向着灯火走，不要回头。我说：我不明白。灯火在哪？她重复了一遍说：你向着灯火走，我会回来找你，如果你停下来，我就真的消失了。为了我，你也要向着灯火走，行吗？我说：我答应你，现在可以抱抱你吗？她说：你会变成你想要成为的那种人。有人来了。我浑身一震，她头也不回地沿着公园里的石子路跑掉了。

安歌的失踪造成了班级里一段时间的恐慌。在我十几年后翻阅卷宗的时候，我发现安歌失踪案的来龙去脉几乎和那时候同学间的传言如出一辙。警察开始认为这是一起这座城市经常发生的青春期少女离家出走事件，原因可能是早恋，与父母关系不睦，学业压力过大，或者干脆概括成青春期抑郁症，而这些都经常会和后进生有关。不过，随着一个星期两个星期然后一个月过去，这起失踪案变得不那么简单了，安歌几乎没有带走任何衣物，离开家的时候也许只背了平时上学用的书包和每天睡觉时搂在怀里的玩具熊。几乎没带任何现金，没有留下只言片语，也没有和任何人透露去向。警察于是倾向于更严重的可能，也就是青春期抑郁症最极端的结果，自杀。可是又一个月过去了，在这期间，S市发生了三起少女自杀事件，两个跳楼而死，一个在宾馆喝干了一整瓶葡萄酒之后割腕，不过三个人都不是安歌，在惨剧发生后不久，尸体就被家人认领走了。安歌的父母甚至和警察一起赶到那两个跳楼丧生的女孩儿的家里，去确认是不是有谁搞错了，毕竟摔碎了脑袋的尸体不是那么容易辨认。可事实是，即使面目全非，父母还是一眼就能认出死去的是不是自己的女儿。警察在安歌父母的督促下，排查了全国一个月里面因为各种原因死亡而无人认领的尸体，没有安歌。警察只好怀疑最坏的一种可能，他杀，凶手就在安歌身边，并将尸体做了毁灭性的处理。首当其冲的，是她的母亲，也许警察也注意到了她那双有力的大手，若是持有趁手的凶器，足以将自己的女儿一击毙命。而且据邻居反映，安歌的母亲性格很不稳定，尤其是在创作的瓶颈期，除了和邻居吵架，也会因为一些小事痛殴安歌以驱散自己心头的不安。有可能是在某一次施暴的过程中，失手将其打死，然后在惊恐中如同雕琢一个作品一样小心地毁尸灭迹。不过，在安歌失踪的那天，她飞去上海筹备自己从艺二十年的个展，再大的一张手也很难从上海一掌打回S市。紧接着警察也排除了她父亲的嫌疑，虽然他承认曾经对自己的女儿（经过进一步调查还有他的四个学生）进行过一些性上面的"探索"（嫌疑人口供），不过他小心地避过了和未成年发生性关系的相对严重的罪名，而是仅限于玩弄，口交和强迫受害人观看其手淫这样的程度。在案发当天，她的父亲因为和音乐学院的老同学聚会而醉酒，在洗浴中心度过了一夜。在他父亲的口供里记载着：我为什么要杀她，如果她对我有用而且又不会说出去的话。之后警察又调查了她的邻居，也曾经找到我们班的老师和几个同学做了问询，只有一些例行公事的记录，没有其他的进展。

自始至终，没有人找到我。虽然我和她同桌，不过很少讲话。在同学的眼里，我们更是连普通朋友都不是。安歌是独自去公园找到我的第二天失踪的，我是最后见到她的人，不过除了我没有人知道。警察只知道安歌那天回家很晚，比应该到家的时间晚了两个钟头，他们不知道为什么看起来不远的路她走了这么久，因为没有人看到她去了别的地方，当然除了我没有人能给出答案，而我选择沉默，因为我不知道我该如何解释我的行为，我差点抓住她，把她拖进自己的身体底下。我不清楚那是一个什么罪名，但是至少我会彻底被当成败类，老师和同学也就找到了我成绩一落千丈的答案，父亲的皮带倒没什么可怕，母亲的眼神我该怎么面对。不要让我成为最后知道的那个人。于是在她失踪之后，我便只能反复告诉自己，即时告诉警察那天晚上的事情，他们也不可能找到她，找到她的一定是我，我本身。毫无疑问，这是她赋予我的权利，愧疚和使命。

在她失踪了十六天之后，我接到了她写给我的信，信封上没有发信人，直接寄到了我们的学校。从邮戳看，信是我们在公园分开的那晚寄出的，更准确地说，应该是她离开我之后，在路上，也许是坐在路边，也许是坐在某个明亮的餐厅里写好，贴上邮票，然后背着书包走出去放进邮筒，然后走回家，取了她的小熊，然后她永远地走出了家门。信写在一张粗劣的演算草纸上面，四开的草纸，对于信封来说实在大了些，她将其横竖叠成三折塞了进去。草纸的大部分是空白，有着这种纸张共有的淡淡黄色，只在最上面，接近顶端的地方用铅笔写了一句话：天吾，我希望我们都能活在自己最喜爱的时光里。歌。没有日期。我在台灯底下反复研究这张我再熟悉不过，又已经完全意义非凡的草纸。在比对了几种铅笔的粗细和颜色之后，我确信这句话是用2B铅笔写的，很可能就是我送给她的那支。而她折叠的方式没有任何其他的含义，只是为了把纸相对平整的塞进信封。把信举在灯泡底下，我发现在那句话的下面，她曾经画过一张图。然后又用橡皮擦得一干二净。之所以得出这个结论是因为空白处相隔很远，有极其细微的笔痕，把信举在鼻子前面，可以闻到正在变淡的橡皮留下的水果香味。而她到底画了什么，又为什么把它擦掉，无论我怎么去揣测，也无法找出答案。当然，这份证据我也放在了自己手里,没有交给警察。

我靠着记忆默下了那天安歌唱的圣诗和歌谣的大部分内容,在高三每周日下午的休息时间骑自行车来到市图书馆,一座博物馆一般的建筑,似乎很久没有收入新的藏品,不过对于我来说已经足够。我发现安歌在公园那天唱给我的歌叫《小白船》,也叫《半月》,是朝鲜作曲家尹克荣1924年为失去亲人的姐姐所作。尹克荣虽是朝鲜人,在朝鲜成为日本的殖民地之后,却在日本待了七年,在中国东北待了十年,而且那天安歌唱的不是全本,下面还有旋律相同而歌词不同的另一段:

渡过那条银河水
走向云彩国
走过那个云彩国
再向哪儿去
在那遥远的地方
闪着金光
晨星是灯塔
照呀照得亮

而起首是"大山可以挪开,小山可以迁移"的圣诗除了"但神对人的大爱,永远不更易"这一版本之外,还有诸多版本,作者都已不详。

安歌失踪的时候离高考还有不到三个月的时间，我的第一次模拟考试的排名已经基本上接近学校注册学生的人数。当时虽然有一些人已经放弃了在高考中实现自己价值的努力，可敢于交上白卷的人还不多，而我在四科考试中交了三科的白卷，唯一有笔迹的是语文卷纸，我文不对题地写了一篇洋洋洒洒的作文。其中大部分段落是安歌曾经念给我的小说篇章的誊写，只不过在段落和段落之间用自己的语言做了一些必要的衔接。不用说，分数少得可怜，成了学校语文组老师们的笑柄，一个堕落优等生的样本。第二次模拟考试是在四月初，距离高考还有七十天左右，我的成绩基本上回到了原来的位置，班级第二名，年组第二十七名。总分比上一次考试多了五百分左右。只是语文还是我的短板，也是过去唯一制约我成为这所学校最优秀学生的因素。而语文内部的短板便是作文。我用了大约三个星期的时间设计了一套作文模板，开头的铺陈，结尾的呼应，叙述和议论的比例，心理描写和景物描写的运用，名人名言引用的时机和频率。而实现这套战术的士兵是语言。我发现，在和安歌同桌大半年之后我学会了更自如地使用语言，只需要小心不要让语言过于特别，引起不必要的注意，满足于用平庸而晓畅的语言完成老师们希望看到的故事。最后一次模拟考试安排在五月，我的成绩是班级第一名，年组第二名。问题出在有老师泄露了大部分考题，致使一个考生几乎拿到了全满分的成绩。当我在六月初的一天，从高考的考场里走出来，我确信这所学校没有任何一个人可以超过我，也许这座城市能够超过我的人也寥寥无几。因为之前我已经偷偷通过了体检，所以基本上我可以去念我想念的学校了。在我父母不知情的情况下，我填好了志愿表，送到学校。老师拿着志愿表看着我说：没考好？我说：是。她说：刑事侦查专业？我说：是。这两个字基本上是那三个月我在学校说的第一句话和最后一句话。据说之后很多年我的老师还会提起我，说她曾经教过一个学生，成绩在高三那年像弹力球一样忽上忽下，最后考出了Ｓ市第七名的成绩，却因为对自己的成绩评测失误，念了警校。本来他可以成为一个律师或者一个学者的，现在却成了一个警察。老师总是什么都知道。

　　我选择的刑警学院就在安歌家的附近，皇姑区塔湾街。报到的那天我提着行李走上了公交车。妈妈在车门的地方说：往里走，里面有座。我说：回去吧，我周末就回来。妈妈忽然说：儿子，你有你的想法，我知道。我说：妈，放心吧，回家吧。然后公交车关上门开走了，向着城市的北面。

五　长寿烟和情人糖

回到住处,小久郑重其事的把洗出的照片放在了那本有着手绘封面的相册里。然后拿出红色的蜡笔在两张照片底下分别写上:出窍之灵魂,101年5月12日小吾摄于南门棒球场。左手指叉球,101年5月12日小吾摄于天合陈药师药局。李天吾坐在小久的床边,看她趴在床上小心翼翼地把照片塞入,摆正,写字,说:"我可不可以把鞋子脱掉?"

"你的脚有味道吗?"

"没有脚的味道,只有我的味道,或者说基本上就是手的味道。"

"那请便。"

李天吾脱下鞋子,不出所料,脚上的血泡已经结痂,和袜子成为一体,若想分离,必得付出血的代价。正在踌躇,李天吾忽然想起一个问题说:"可不可以……"

"喂!"

"干嘛?"

"没看到人家在写字,你怎么这么婆妈?"

"好啦,那我回房。"

"不是要你走,是要你安静。如果你不愿意安静,讲话的时候可不可以不要在每句话前面都加上可不可以?"

"那应该怎么讲?"

"你可不可以直接说,我想要或者我希望。"

"明白。我希望你不要在照片下面写上我的名字。"

"不要。这是你的作品,一半,你有一半的版权,另一半的版权是我的。"

"我放弃我的版权,都归你,如何?"

小久抬起眼睛,准确地说,是冲李天吾翻了一下白眼说:"怎样,觉得模特儿不够正,是不是?"

"模特简直像死火山爆发那么正,只是照相人的手艺不精,等你长大了再看,一定会后悔。"

"笨啊,第一,我就快消失了,没有长大那一天,不会有回头看的状况出现。第二,就算不写,就算我能长大,变老,等我老糊涂那一天,也会记得照相的是你。老人家都是记远不记近,了解了吗,小吾?等一下,什么味道?"

"没有味道,是不是你的鼻子上粘了什么东西?"

小久翻身从床上跳下来,好像发现了凶手落在地毯角落上的凶器一样,指着李天吾的脚说:"大骗子。哇噻,你的脚好惨。"

"也许你闻到的是血的味道。"

"还在狡辩,不过你的脚确实好惨,刚才向嘉豪买点药水和纱布就好了。"

"哪来得及?你匆匆忙忙冲进去,乱讲一气,照了相又匆匆忙忙逃出来,我怀疑你是不是打着和老同学叙旧的幌子,偷了什么东西出来?"

"不要讲话啦,打扰敌人的思考。好啦,就这么办吧,我去附近的7-Eleven看看,买点OK绷给你。记在你的账上,在我消失之前要还给我。"

李天吾把脚放回鞋里,站起来说:"几个血泡而已,你早点休息,我回去啦。"

小久也站起来,挡在门口,瞪着李天吾的眼睛,说:"你知道我溜出来费了多大的力气?"

"好像你从来没有讲过。"

"我对我妈说,我去我爸那里,对我爸说,我去妈那里。他们俩恰巧极其讨厌对方,不到万不得已绝不会通电话那种。"

"果然费了好大的力气。"

小久又一次把食指举在李天吾面前,正在变淡的食指。

"这可是我人生中第一次撒谎。"

"请问那和我脚底掌的六个血泡有什么关系?"

"我不想让你因为伤口感染而躺在医院里,没法帮我照相。你知道台北的气温很高,每一立方尺的空气里有上亿个细菌，随便哪一个钻进你的伤口里……"

李天吾试图从小久和门之间的空隙钻过去，十步之间就可以回到自己的房间，世界便可恢复宁静。

小久说："好啦，不去 7 - Eleven 也可以。还有一个办法。"说完她打开书包，翻出一片 ABC 的卫生巾护垫。

"你明天可以把这个垫在袜子里，舒服又卫生，血也不会粘在脏袜子上。两种方法你选一个。"

李天吾和小久一起走出宾馆，买了碘酒，OK 绷和新袜子。回到小久的房间，小久在距离李天吾两米左右的地方，指导他把自己脚底的伤口弄好，穿上新袜子。

"人的脚上有很多穴位，你的脚臭成这个样子，说明你的身体已经有了问题。我的建议是多吃点水果补充维 C，也可以用中药泡脚，我大伯开了一家国术馆，其实可以帮你……算啦，越说越麻烦，总之你早晚要想点办法。门在那里，这次我没有挡着哦。"小久一口气说完，然后打了一个大哈欠，好像要把身体里的全部睡意都呈现在空气里。

李天吾想了想，走到门口，又回过头来说："其实，我心里还有点搞不明白的事情。"

"知道啦，最高的教堂，最重要的人嘛。我一定想办法的，只要它存在，就一定帮你找到。我可不想欠你的人情。"

"我想说的倒不是这件事。不过如果你困了，明天再说也好。"

"困了是一定,不过没那么困,哈欠这东西想有就会有。你现在不说,我可不能保证我明天还想不想听喽。"

"我没法确定你是不是我的向导。"

"没有懂耶。"

"我的老板说我应该有一个向导。"

"你的老板是谁?"

"不可以讲,一旦有了讲的念头,就会变成哑巴半个钟头。总之,我和他签了一个协议,白字黑字,也按了手印。我帮他找到那座教堂,他给我朋友的下落,一百小时的时间。"

"听起来你的老板本事很大喽。"

"应该是吧。"

"那他都找不到教堂,你怎么能找到?"

"他说只有我能找到那座教堂,那座教堂只属于我一个人,除了我,谁也找不到。"

"很棒,听起来好像一个咒语。你看过《浮士德》没有?"

"如果你想让我变成哑巴,你可以继续顺着这个思路问下去。"

哈欠果然是招之即来挥之即去,小久已经重新振作起来,好像这就要消失的一天是才要刚刚开始一样。

"他说了向导是什么样子的人了吗?对了,有没有暗号,像电影里一样,火柴盒,一本书或者是古怪的领带什么的。"

"向导身上有个记号。"

"什么样子的记号?"

"不知道。他说我一眼就可以看出来那人是向导的记号。"

"所以,除了我脱光了衣服,让你从头到脚看个一清二楚,你没有其他办法确定我是不是你的向导,我理解的对不对?"

李天吾用手揉了揉自己的脸,说:"你也可以大概讲一下,你的身上有没有什么特别形状的胎记或者疤痕什么的,就像我的左脸。"

"你当我是盲的呀,你的左脸哪有什么胎记疤痕。"

李天吾才想起来老板已经把他的疤删掉了,原话是:这个拿掉,免得你在人群里走来走去麻烦。

"曾经有的,也不对,曾经没有的,这个先不讲,太啰嗦。还是请你想一下,你的身上……"

"没有。"

"没有?"

"我的身上除了身体本身什么也没有。"

"大家都会有的,比如一个特别的痦子或者阑尾炎手术……"

"没有。我问你,如果我不是你那个古怪讨厌的老板安排的向导,你还会不会和我一起走?"

"大概会吧。"

"这个大概包含的几率是多少?"

"嗯……百分之八十?"

"很好,明天我们要去找两个人,离得很远,时间很紧,对了,你的枪带进来了没?"

"带了,就在身上。"

"很好,明天也带着。Good night."

回到房间,李天吾接了一杯水喝下,走到卫生间小便,冲水,回到床上关掉床头灯,钻进被里。失眠的时候李天吾经常会倒数,三百,二百九十九,二百九十八,他知道他这个习惯和大多数人不同,倒数是费脑筋的,可能不太适用于催眠,而且为什么从三百开始倒数,他也没法说清,也许是有一天随口一说,果真睡着了,从此就一点点成了习惯。李天吾的脑袋里和刚才一样,装满了小久的影像,她的身体上是不是……算了,三百。三百,李天吾在心底念了一声。他梦见了天宁。那是他和蒋不凡最后一次出警的前一天晚上。天宁躺在他身边说:明早喝牛奶好了,家里还有牛奶。李天吾说:好。天宁又钻出被子光脚跑进厨房,回来之后说:鸡蛋也还有,再给你煎个鸡蛋。然后光着腿盘坐在被子上,拿过闹钟:六点?李天吾说:六点。天宁说,那我五点半起来,你睡到六点,明天你自己行动还是和蒋不凡?李天吾说:和蒋不凡,他的案子。天宁说:

为什么每次我听见他的名字就有点害怕。李天吾说，怕什么。天宁说，觉得他像动物，狼啊，豹啊那种。李天吾说，差不多，他平时懒洋洋的，要是看见猎物，动作倒是不慢。天宁说：蒋不凡给我这样的感觉，那次我在医院看见他。他确实是着急的，可是不知道为什么，我觉得他可能也在想，要是你真的死掉了，也是没办法的事，当警察就是这么回事。不是说他不在乎你，如果躺在床上的是他，他可能也会这么想。就像受伤的豹子躲在树丛里，不让人看见自己的血正在流干，看着天光，看着树木，渐渐歪着脑袋死了。李天吾说，蒋不凡不会有事，他很警觉。如果他死了，更有可能的是肺癌，烟抽得太多了，睡觉吧。天宁说：好，睡觉。其实我不关心蒋不凡，这么多年没有我的关心，他警察也当得好好的。你不可以再受伤，知道吗？李天吾在枕头上转过头说：我答应你，睡吧。天宁关掉灯，闭上眼睛。在李天吾入睡之前，他听见黑暗里有个女孩儿说：别忘了你答应过我，八十岁，我们要去爬阿尔卑斯山，不是奶糖，是真的阿尔卑斯山。如果有一天你走出房门，没有回来，我不会去找你，我会等你到八十岁，然后我们一起去爬阿尔卑斯山，不是奶糖，是真的阿尔卑斯山。

　　第二天在前往小久毕业的国中的途中，李天吾几乎没有听见小久在跟他讲什么，他看着车窗外的风景，银楼，书画店，咖啡馆，槟榔摊，战痘诊所。在西门町的附近，中国时报大楼上面悬挂的巨大广告布幕对面，他看见了一个电话亭。

"那是个电话亭?"

"不然还能是什么?你终于肯讲话啦。还以为你又变哑巴了,被你的讨厌老板。"

"能打电话?我的意思是能打长途电话,越洋电话?"

"只要你塞进足够多的钱,给上帝打电话也没问题,现在是二十一世纪,你还记得吧。"

李天吾知道自己问了一连串的蠢问题,不过除此之外,他找不到更好的方式驱赶他想要给天宁打电话的念头。他从来都不是个喜欢打电话的人,他觉得在电话里人会失真,彼此对对方的感觉会失真,电话那头的人和那个真正在讲电话的人似乎不是同一个人。可是现在他极想跳下车去,钻进电话亭,把门关紧,拨通天宁的号码,听见她的声音,失真也没有关系。他说什么呢,然后,假设她不会因此消失,假设老板只是在唬他,也许他会说:自己去登山吧,不要等到八十岁。或者他会说,我为了一个答案当了警察,现在又为了同一个答案来到台北,请你不要见怪,跟你打电话只想告诉你,我注定是个没有选择的人。再或者是,请你等我,我目前的处境不方便讲得太多,但是我会回去,我们去爬那座不是奶糖的山,不要八十岁,我回去我们就出发。

"想要打电话?"

"没有,只是在内地很少见到电话亭,都是一个电话挂在那。"

"台北的电话亭也不是很多喽,不知道为什么在那里会有一个,也许在召唤超人吧。"

"你的国中叫?"

"巨竹国中。"

"我们这是去找?"

"我的国文老师。看来我刚才讲话你每句都听了一半,把后面那一半当乐色丢了。"

"一会下车,能买包烟吗?"

"你忍了多久了?"

"也没有忍,就是一直忘记了自己需要抽烟这件事,看见电话亭忽然想起来了。"

"拜托你想抽烟就去买好了,不要非要找个理由。下次你看见龙发堂就说要喝酒。完全没关系的事情嘛。"

"敢问龙发堂是?"

"如果你过一阵子受不了我发神经,我就送你过去,到时候你就知道了。先生麻烦在这里停就好了,多谢。"

李天吾听从小久的建议买了一包长寿烟,白底的烟盒上面画着一个可怕的畸形婴儿。李天吾咧了咧嘴,还是撕开塑封,抽出一根放在嘴里。小久站在他的旁边,看着自己的校门。

"怎么好像小了?"

"你长大了嘛。"长寿烟的味道有点像内地的中南海5

毫克，李天吾还是更喜欢中南海这个名字，喜欢其不知所谓所带来的安全感，烟的前面加了长寿两个字，再配上那张婴儿图，总觉得似乎是一种讽刺。

"不是不是，是它变小了。"

"也许吧，一切都在变化，你在变淡，它为什么不能变小？"

小久用力点点头说："就是这个意思。"

"你们这个长寿烟真是没什么特别。又贵得可以，还不如买一包万宝路。"李天吾捏着烟蒂在找垃圾桶。

"Marlboro 六十年代的代言人是个牛仔，你知道他后来怎样了吗？"

"死了，大家后来都是如此。"

"是得肺癌死的。"

"那说明万宝路预防心脏病。"没有垃圾桶，李天吾发现，他似乎在台北还没有看见垃圾桶。

"烟蒂放在口袋里吧。我们这里垃圾不上街的。"

李天吾心想，好大的口气，在街上走来走去的管保都是有用的人？也许是人就会有些用处吧，或好或坏，总会有点用处。那"垃圾不上街"还真是一句轻描淡写的箴言。

走过国父像，走过升旗台，李天吾发现自己已经站在了学校的天井里，四面朝上，是半环绕式的教室，总共有三层，最外侧是铁栏杆，里面两步的距离就是教室的木门。

天井的周围有花坛、图书馆、活动室和厕所，花坛里种着几种李天吾不认识的花，他对花一无所知。在学校的内墙上，画着一幅幅小型壁画，有星星月亮，也有正在庶民上篮的樱木花道和左眼下有伤疤正展示着硕大牙齿的蒙奇·D·路飞。

小久领着李天吾上到三楼，停在一间教室前面。教室的门口站着一个男生，穿着不很干净的校服，双手背在身后，脚在地上蹭来蹭去，好像想要在地面上蹭出一个洞来逃走。

"今天轮到你把风？"

"不是啦。"

"那是怎么搞的？"

"背书背不出。"

台湾人为什么很容易就在一起讲话？面对陌生人李天吾很少率先交谈，不知是从什么时候养成的习惯。李天吾回想自己走在家乡的街头，每次在问路之前，都要先打腹稿，阿姨请问，不好不好，还是大姐请问。这时教室里传出整齐的诵读声：

"元丰六年十月十二日，夜，解衣欲睡，月色入户，欣然起行。念无与为乐者，遂至承天寺，寻张怀民。怀民亦未寝，相与步于中庭。庭下如积水空明，水中藻荇交横，盖竹柏影也。何夜无月？何处无竹柏？但少闲人如吾两人者耳。"

"你背不出的是这一篇?"

"不是啦。"

"那是哪一篇?不用不好意思,我是你的学姐,在这里念书的时候也经常出来把风的。"

男生继续蹭着地面,说:"不是我的错,是老师找我麻烦,背得好好的,他偏要咳嗽,要不然怎么会在半路忘记?"

"所以背的是?"

"《书付尾箕两儿》。"

"那么长一大篇也要人背的?"

"不是啦,只是其中一小段。你们两个是一母同胞的兄弟,当和好至老,不可各积私财,致起争端……刚背到这里,老师就咳嗽了一声,我以为自己背得不对,后面一下全忘掉了。"

"现在记起来了吗?"

"说过忘掉了嘛,要不然怎么会还站在这里?"

"不可因言语差错,小事差池,便面红耳赤。应箕性暴些,应尾自幼晓得他性儿的;看我面皮,若有些冲撞,担待他罢。应箕敬你哥哥,要十分小心,和敬我一般地敬才是。若你哥哥计较你些儿,你便自家跪拜,与他陪礼。他若十分恼不解,你便央及你哥哥相好的朋友劝他;不可他恼了,你就不让他。你大伯这样无情地摆布我,我还敬他,是你眼见的。你待哥哥,要学我才好。读书,见是件好事……"

"到'要学我才好'就可以啦。"男生看着小久,眼神里写着:今天中了大彩了。

"用不用再帮你背一遍?"

"不用啦,说过了只是忘记,其实你背第一个字的时候我已经全都想起来了。谢谢学姐。学姐,我叫卡照,你叫什么?"

"我叫小久。"

"记住了。"说完,他敲了敲教室的门,得到应答之后,走了进去。

"喂,你是什么人?"不再面对陌生人的时候,李天吾说话还算流利。

"小久而已。"

"我看你是外星生物,不但会消失,知道棒球规则,会背国中课文,还轻易就能够跟小男生搭讪。"

"随便一个台湾人都知道棒球规则,国中课文就喜欢那么几篇,卡照今天走运而已。和小男生搭讪呢,"小久边向教师里张望,边向李天吾招手说:"可是小久我的强项,我是出了名的少男杀手,杀人如麻的。"

"看来我年纪大了点,也不是没有好处。干嘛?"

小吾指着讲台上的老师说:他是我的国文老师,黄国城。

黄国城四十岁左右年纪,头发已经白了大半。眼镜后

五 长寿烟和情人糖

面的眼睛看起来又像是三十几岁，除了这双年纪轻轻的眼睛，黄国城有着标准国文老师的样貌，手指上夹着粉笔，似乎上帝说，要有国文老师，于是就有了黄国城。

"他是外省人。曾经老师好多都是外省人，不过现在没那么严重了。"

"为什么？"

"不知道啦，总之，那时就是很多外省人。听说最早的时候，外省人老师带着很浓重的口音，学生很难听懂的。"

"那还是现在对头一点。"

小久继续向教室里面张望。

"他是唯一一个给我写过信的老师。"

"什么时候？"

"我上高中几个月之后，就接到他的信。可是在念书的时候他很少和我讲话的，只是有一次我挨了打，他把我找去，问我到底是怎么回事？"

"到底是怎么回事？"

"女生之间的小问题啦。"窗户里面，卡照已经顺利的背好了课文，回到座位，可刚一落座，他就开始向窗外探头探脑，好像在寻找他的漂亮学姐。

"你讲故事很不负责任，只有题目，没有下文。"

"是你自己笨，下文已经很明白在那里，无论年纪大小，女生之间的问题一定是男生啦。"

"所以是你这个少男杀手抢了人家的男朋友。"

"哪用抢的？我只是坐在那里发呆，是他走过来问我要不要晚上去看电影。老实讲，我一边说，不要，晚上要去诚品听讲座，一边在想，这个呆瓜是谁？"

"那怎么会挨打？"

"可能是我不应该坐在那里发呆。总之你不懂啦，女生就是喜欢故意误会人，要不然自己多没面子。我就在厕所被几个女生盖住头，打了一顿，其实也没什么事，脸给打肿了而已。"

"你打回去没有？"

"说过了给盖住头，哪知道对手在哪里，稀里糊涂就已经给打倒在地了。"

"我是说之后。"

"没有，她们有她们的方式，我有我的方式。"

"你的方式是？"

"借鉴原住民的方式，猎首，就是把对方的脑袋割下来，摆在家里。如果你仔细看，我的额头和下巴是有图腾的，猎过人的才会有，而且一生不会消退。只是我在变淡，你看不清了。"

"做得好。"

"好啦，图腾那种东西只有男人才会有的。我的方式是继续坐在那里发呆。有一天国文课下课黄国城把我找去，他并不是我们班的班导，只是教国文而已。他问我说，最近的功课怎么样，这个进度吃得消吗？我说，还好。他又问，有没有很喜欢的课文？我说，喜欢陈之藩的谢天。他说：为什么喜欢这一篇？我说，我知道自己很渺小，不过也不算不特别，就像爱因斯坦一样，如果写不出相对论，也是渺小而特别的。黄国城让我坐在他面前说，很好的想法，可是为什么在课堂上不站起来发言。我说，我不喜欢表演。黄国城说，那不是表演，是分享。我说，是以表演的方式和大家分享。我不是很能应付。老师，请问沉默是不是人的权利？黄国城说，当然是，每个人都有免于被侵扰的权利。我说，那就好，我使用这份权利，也承担相应的后果。黄国城点点头说，你的脸怎么了？当然你可以使用沉默的权利。我说，挨了打。黄国城说，你的班导知道吗？我摇摇头说，不用，误会而已。打过一次，就不会再打了，她们的目的已经达到了，就是让大家知道我挨了打。就像莎士比亚说……黄国城说，死过一次就不会再死了。我说，是。黄国城说，你知道如果你不说出来，她们也许会用同样的方式对待别人。我说，你觉得，我的脸像是走路不小心撞在树上受的那种伤吗？黄国城说，不像。我说，可你是第一个问我的老师。我不愿意强迫别人做他们不喜欢做的事情。如果我说出来，就是一种强迫。黄国城说，如果再有人找你麻烦，你可以告诉我，我会去跟你的班导讲。我说，如果你问我的话，我会告诉你。黄国城说，好，今天就到这里。还有一个问题，你对自己有什么期待吗？希望你长大之后变成什么样子？我说，没有什么具体的期待。只是希望自己长大之后能够喜欢自己。"

你会变成你想要成为的那种人,李天吾想起了安歌的话,那可能是到目前为止,她说给他的最后一句话。

"你发什么呆,学我啊?"

"没有,我只是在想,只是在想,她们之后有没有再找你麻烦。"

"没有啊,我说过,打过一次就不会再打啦。我只是在某个时间帮助她们建立了一种姿态。"

"那个男生呢?"

"当然是回去和那个女生在一起,不知道现在还在不在一起啦,事情过去蛮久了。"

"黄国城老师的信里写了什么?是不是要你离男生远一点。"

"他的信写得很短,而且也只写了一封。他说他在找我谈话的那个时候,其实做老师已经做了很久,正做得有些困惑。他觉得自己力量很小,学生不喜欢国文,不喜欢背书,这些文章这么美,为什么学生不喜欢呢?他曾经以为做一个国文老师是一件很有意义的事情,可是他做了十几年老师,发现这件事不是他想象的那么单纯,他觉得自己甚至比学生还要幼稚,很多学生早就发现这是一件很没用的事,只是为了应付考试才勉强念下去的。他十几年后才发现。不过在那天和我谈了话之后,他觉得似乎没有之前那么困惑了,一个他从来没有注意过的学生,从国文里寻出了些许美好，在学校这个以自由换取知识的地方，利用自己有限的自由正在继续寻找纯粹而特别的自己，对他来说，是一种类似于惊喜的安慰。他嘱咐我，不要轻易为了一些事情改变自己，目的并不重要，活着本身就是一种价值，如果人生的意义无法确定，那人生的过程就成了意义本身。他还嘱咐我，也不要轻易和同龄人隔绝，和周遭世界的往还也是成为自己的过程，因无知而纯粹和因了解而纯粹是截然不同的，他希望我能获得后一种。在信的最后，他问我，在高中有没有再挨打？真是个笨人，挨打也要看运气的嘛，哪有走到哪里都挨打的道理。喂，就在教室门口给我照张相好不好？"

李天吾从小到大不是没有遇见过赏识他的老师，无论在哪里，即便是在警校，都有老师或者教官喜欢他。他对待自己的残忍在老师的字典里叫做刻苦，他每次考试即使早早写完，也要反复检查，从没试过提前交卷的那份洒脱，也是老师所推崇的稳定。他虽然胸中有万语千言，如果放开闸口，能讲个几天几夜都不罢休，对于学校和社会上的诸般事由也都有属于自己的那份见解，可他几乎从来没有讲过，而是一直安于自己是一个安静的好学生的现状，很多老师正是喜欢他这种内敛。他体格偏瘦，可是在散打、柔术、寝技各个考核科目还是拿下全优，因为他在同学休息的时候，不断去警校空荡荡的格斗馆反复练习，击打沙袋，抱摔模型。教官认定他是难得的近身格斗人才，不单是因为他技术娴熟，战术得当，更因为他很少认输，即使被人的大腿锁住喉咙无法呼吸应该马上击地认输的时刻，他也要多撑几秒，寻求哪怕一丝的反击机会，而事实证明，那珍贵的几秒正是这种机会经常光临的时段。可是这些赏识，基本上都是基于他在某一方面给他的老师带来了荣耀，或者在老师所期待的核心竞争领域成为翘楚，或者更简单地说，老师们之所以赏识他，是因为他是一个他们眼中的标准的好学生范本。其他的所有都是基于老师对于他的这个判断之上的。若没有这个，就像是他在高中末尾成绩短暂而彻底的滑坡的时候，刻苦，稳定，内敛，坚韧就会变成愚笨，刻板，木讷和毫无意义的顽抗。站在黄国城的国文课堂门前，李天吾清楚地看到了过往老师们的内心，他们没有喜爱过他，他们从来没有喜爱过他这个人本身，这是他们不会在乎的很多事情之一。

"我相信我的老师们也困惑过。"李天吾放下相机认真地说。

"和黄国城一样？"小久也摆出很认真的样子。

"是，只是他们的困惑时间可能短一些，学生有其核心价值，老师们的成就正是建立在这个价值之上，当他们认识到这一点之后，困惑就结束了。"

"可是我们不单是学生，还是一个个孩子呢。"

"也许这不是老师们的问题，是这个世界的问题。每个人在特定的地方都有自己特点的身份，然后被这个身份简化，删改。这是这个世界运行的一种方式，我想。"

"你今天好哲理哦，怎么啦，没有老师给你写信，你是不是很嫉妒？"

"没有嫉妒，我三十岁了，哲理一点是应该的，不能像你这样的小孩子，每天靠感性活着。而且如果我现在接到老师的信，也不会怎么开心，我一定会觉得哪里出了问题，是不是老师又要结婚了还是如何，这也是三十岁的后果，叫做现实。"

"你刚才就犯了和你的老师们一样的毛病。我不单是个小孩子，我还是个女人。请你把罩子放亮一点。"

"怎么突然冒出这么怪的一句话。"

小久转过身，向楼梯走过去，说："你这么现实的人，没看过武侠小说是应该的。还有如果你继续站在那里，下课的时候有人报警卫抓你，我可不会救你。"

走出巨竹国中，上了捷运，在淡水站下了车。一路上李天吾只是随便问问为什么除了辽宁路，上海路，这些以地名命名的街道，好像把整个中国版图都踩在脚下，还有忠孝东路，和罗斯福路这样怪的街道名称。小久通通闭口不答。李天吾也只好闭口不问了，谁让他刚才简化了自称身份复杂的小久。下车之后，没有走出几步，小久停了下来。李天吾看了看旁边的店家，是一个槟榔摊，老板娘正在用剪刀剪翠绿的槟榔叶子。

"要买槟榔？"

"你干嘛不问我为什么不等黄国城下课就走掉了?"

"你一定有自己的原因。"

"所以你不想知道?"

"想知道,而且还有别的问题要问,我只是觉得自己的问题太多,把你弄烦了,我准备一天只问五个问题。"

"你以为是做伏地挺身,一天要做几个,我烦了会告诉你,是你不在乎才对。"

"在乎。我问你,那个男生怎么会叫做卡照?这是姓氏还是名字?"

"还是不在乎,先问别人。不过没关系,我很大度,如果和你计较,早就气死了。卡照不是姓氏,是名字,阿美族的名字。这个名字的意思呢,很有趣,和刚才他做的事情有点相像,卡照在阿美族的语言里是瞭望台的看守员的意思。"小久娓娓道来。

"厉害。那学校内墙的画是谁画的呢,一幅一幅,就是我这个外行看来,也是水平参差不齐。"

"我们画的,每一年都画,好的就留下来,画得太烂就涂掉再画,也有画的很烂,不过内容很特别就留了下来的。原住民的孩子很多画画很厉害,他们对色彩的敏锐度不知是天生的还是家乡的风景给的,总之墙上的很多画是他们画的,也许卡照也画过一幅呢。"

"等一下我们要干什么?"

"喂,你还有个重要的问题没问。"

五 长寿烟和情人糖

"我们为什么不等黄国城下课就走掉了?"

"因为黄国城已经死了。"

"刚才他还好好站在那里,怎么会说死就死了?"

"他不是黄国城,黄国城在给我写信之后不久就生病去世了,我的回信给退了回来。"

"不对,你刚刚说他是你的国文老师黄国城。"

"站在那个讲台上的,对于我来说,就是黄国城老师。"

黄国城怎么会死掉?给小久写信问她是不是应该又挨了打的黄国城老师应该现在就站在巨竹国中的讲台上才对,永远站在那个讲台上,和不爱背书的卡照们斗智斗勇才对。可是一个人死掉,似乎不需要太多理由,这件事情他应该更清楚才对。

小久已经走到了槟榔摊前面,"麻烦给我一包槟榔。"

老板娘放下手中的剪刀,递了一包槟榔和一只塑料杯给她。

"站着干嘛?给你买的槟榔,好像应该你来付钱。"

李天吾一边打开钱包,一边小声说:"我可没说要吃。"

"一百块。谢谢。"小久对老板娘说。

台北的天空飘起了雨。雨越下越大,路上的机车蜂拥而过,溅着水花。有人抽出了雨伞,撑起来继续在雨声里快走,有人还是不紧不慢裸着头在雨里面徐行。李天吾和小久躲在一栋骑楼底下避雨。李天吾手里拿着槟榔和塑料杯，看着四面的雨，想着来到此地已经三天，除了跟着小久四处乱走，什么事也没有做。最高的教堂一事尚无头绪，小久是不是向导也无从知晓。他降落之前，原以为此行只是为一个答案，其他的都不重要，也不会有什么留恋，陌生的城市，陌生的人，短暂的记忆，来去匆匆。可现在似乎他想要知道的答案越来越多，小久制造了太多的问题。他偷偷瞄了一眼小久的脸，她正拿着自己的小镜子，为自己化妆。那张脸已经远不如初次见面那么清晰，透过她的脸颊，甚至已经可以隐约看到她身后那座高楼的一角，照这样的速度，也许在他回去之前，小久要先于他消失了。想到这个，他的心脏就好像挨了一记闷棍。看来此事已经无法逆转，小久虽然喜欢乱开玩笑，可她终将消失，不复存在这件事绝不是玩笑。李天吾看着天空中落下的雨滴，如果老板正在看着他们，他希望他可能听见他内心的声音：如果这个女孩子一定要消失的话，请让她在我回去之后消失。

在他思索人生的重大形而上问题的时候，小久已经把自己画成了二十五岁的模样。她从挎包里拿出黑色丝袜说："你转过脸去。"

"搞什么？眼睛这么黑成这样？"

"烟熏妆，眼睛是不是看起来正在勾引人？"

"没觉得，眼毛贴这么长，能看清路吗？是谁说的罩子应该放亮一点？"

"一清二楚,转过去,时间紧迫,在这里换好好了。"

李天吾转回来的时候,小久已经焕然一新,和浑身上下的搭配相比,裙子略微长了点。

"无论如何也说服不了自己穿太短的裙子,大腿舍不得露给别人看,你说是怎么回事?"

"说明你精神还没有完全失常,这么高跟的鞋子,我怀疑你走不了多远。"

"不用走很远,而且你不觉得高跟鞋是女人变化的利器,我是说,好像突然小腿变长了一截。"小久把换下的运动鞋放在挎包里。

"我倒觉得高跟鞋是脚踝的天敌。"

"幸亏你这样缺乏想象力的男人不多,要不然做女人真的没什么乐趣。"

雨停了,没有任何预兆的停了下来,晚霞横亘在天空。雨水在太阳的照耀下开始慢慢消失,升起,回到天上。如果天地颠倒过来,雨水蒸发的过程对于天空来也许才是下雨呢。

"春天后母面。"小久自言自语了一句,然后走出了骑楼。

"跟踪?"站在永康街上,李天吾反复确认了小久的计划之后说。

"没错,先跟住他再说。"

"然后呢?"

"如果没事就没事啦,如果有事我们就帮帮忙。"

"请解释一下帮忙的含义如何?"

"你不是带了枪来?"

"枪倒是带了,可是如果出了事,我们剩下的几天除了躲警察,恐怕什么事也做不了。"

"不会出事,灰色地带懂吗?"

"不懂。无论是什么颜色的地带,不能没找到教堂而先进了警察局。我看附近好多饭馆,不如先吃个饭好好商量。刚才经过的那家鼎泰丰看起来不错,是包子铺吗?"

"来不及,阿浩马上出来了。灰色地带就是既不是白色的也不是黑色的,而且轻易不会招惹这两种颜色的人来添麻烦,他们有自己的原则。我保证不会有事。到现在为止,我小久什么时候骗过你的?"小久像个大哥哥一样拍了拍李天吾的肩膀。

李天吾把腰上的手枪拔出来,确认了一下弹夹和扳机没问题,然后打开了枪的保险。

"很酷,让我摸摸。只在电视上看过。"

"不行。"李天吾把枪放回腰上。"阿浩是什么人?"

"天道盟天龙堂堂主。"

"黑道?"

"是,还是我哥哥。"

怪不得小久想做律师,原来根源在这里。

小久的哥哥阿浩从一家卤味店走了出来,手里提着半只鸭子。阿浩二十七八岁的年纪，穿着红格子衬衫和蓝色牛仔裤，鼻子上架着黑框眼镜，无论怎么看也不像是黑道的堂主，更像是研究所在读的学生或者在银行上班的安分职员。他在路边点着了一支烟，似乎在等人。两三分钟之后，两辆银灰色保时捷911跑车停在他前面，走下来两个看起来更像是黑道人物的年轻人。肌肉发达，一个脖子上隐约露出部分的纹身。

"车子就停在这里。"阿浩说。

"小炜还在店里。"其中一个说。

"没事。为什么不开那辆车来？"

"那辆车子在外面还没回来，在公司里只有这两辆。"另外一个人说。

"阿嘉你跟我去，阿国你在车里等。"

小久招呼李天吾跟上去。李天吾说："不用跟这么近。"

"电影里都是这么跟的。"

"只要在视野里就好，如果有转弯，就跑过去然后再接着走。"李天吾没有想到，到了台北也不能彻底休假，还要陪着十八岁女生跟踪她的黑道哥哥。

"你哥哥不像黑道。"李天吾说。

"他去年才从美国回来。"

"跑路？"

"不是，是去留学，学企业管理。"

"然后回来混黑道？"

"当然,是他大哥派他去深造的。你到底是不是警察?在台北如果没有硕士学位,是没法做堂主的。"

李天吾知是玩笑,不过也不完全是玩笑,世界各地的黑道都越来越有现代精神。想来台湾的黑道也是如此,经营帮派和经营公司确有十分类似之处。他曾随蒋不凡拜访过一个躲在S市的香港黑道大哥,那人除了是佛教徒,崇拜释迦牟尼之外,最崇拜的人是乔布斯。

阿浩和阿嘉走进了永康街的一家茶艺馆。从门口向里面看,不但有假山和小木桥,水池里还有鱼在游动。

"要不要进去?"李天吾问。

"当然,拜托你敬业一点。"

李天吾和小久在阿浩的隔壁坐下。打开日式拉门之前,李天吾扫了一眼阿浩的隔间。算上阿浩和阿嘉在内,一共有六个人,茶还没上,阿浩两人一进去,其余四个人便站起来寒暄,不过讲的都是台语。对面的隔间里坐着五个人,手里都拿着书,听声音是在传道或者探讨圣经。附近的其他隔间都是空的。

小久叫了一壶碧螺春和一碟茶点。穿着古人服饰的老板端着炉子、泥壶和茶具进来放好,又礼貌地退出去,不知道扮演的是日本古人还是中国古人。窗外天已经完全黑下来,借着月光,李天吾看见窗子下面,鱼儿在悠闲地游来游去。他在一瞬间有了这个古老的世界其实是个温柔所在的错觉。

"这种槟榔已经包好了石灰,直接吃就好了。嚼过的槟榔吐在塑料杯里。"坐在对面的小久指着李天吾两手里的物件说。

"能先讲一下这东西是什么味道,只有耳闻,没有试过。"

小久盯着泥炉上的蓝色火焰说:"既然叫味道,就是要尝的,怎么讲都没用的。如果吃不惯,可以用茶水漱口。"

李天吾从小袋子里拿出一颗,放在嘴里,咬碎。还好,有点像东北的甘蔗。几秒钟之后,他发现其后劲和甘蔗大相径庭,桌子底下的大腿上的暖流,指尖的微微酥麻感和脑袋的轻微眩晕感绝不是甘蔗能够带来的。可这并不代表他不喜欢槟榔的味道,在挨过最开始的心悸和眩晕之后,李天吾一颗接一颗吃掉了所有槟榔,感到身上好像多出了不少力气,两只手轻易就能举起眼前的红木桌子。

"感觉怎么样?"

"有点像大力水手的菠菜。"

"看你吃得很熟练,好像吃了几十年的老工人。"

"这边很多人吃吗?"

"槟榔可是个几十亿的大买卖。但是告诉你,槟榔不是很健康,口腔癌。我还看过美国的一个纪录片讲,槟榔能改变一个人口腔里的基因。也不知道是真的假的。在台湾,吃槟榔的大多是大货车司机啊,搬运工人啊,黑道也吃。我哥从很小的时候就喜欢吃槟榔,也许现在在隔壁正在大嚼特嚼呢。"

这个茶社的隔音很好,几乎听不见隔壁有任何声音,更不可能听见是不是有人在嚼槟榔。

"明知道这东西致癌你还买给我吃?"李天吾心想刚才应该买两包才对。

"想得癌症没那么容易,好像你需要坚持不懈地吃一辈子才行。买给你吃,是因为,我哥哥喜欢吃。"

"没看出和我有什么关系。"

"我知道有关系就好。你吃就是了。"小久脱下一只高跟鞋,手伸到下面捧起一只脚,揉起来。

"既然是你哥哥,我们为什么要跟踪他,连个招呼都不打?"

"我不能和我哥哥打招呼。"

"道理何在?"

"自从我哥哥入了黑道之后,只要他看见我,或者我和他讲话,他就会出事。"

"没明白。"

"我哪里知道,我就好像是他的灾星。只要我出现在他的视野里,他不是被人砍,被警察盘问就是忽然接到了电话,场子被人搞,总之就是突然变得八字很轻。"

"所以你今天这身行头是乔装打扮的意思?"

"是。在我小的时候,他经常背着爸妈买情人糖给我吃。我就要消失啦,无论如何也要来看看他。"

"也要照相嘛?"

"如果可能的话,一个背影也好。"

"没有其他的兄弟姐妹?"

"一个哥哥已经很好啦。两个孩子恰恰好。"

"一个没法和他说话的哥哥。"

"小时候可以说话的,而且说了不少。"

"你哥哥没有想过,既然做黑道没法和妹妹说话,那就换一个职业看看。"

"试过,他做过KTV的少爷,开过租车行,还去培训班学过做蛋糕。不过到后来都会失败,只有做黑道,他做得有声有色。"

"天生的黑道?"

"差不多,他很适合。所以我建议他做他适合做的事情。做别的行业倒是可以随便和我说话,不过说的都是他怎样失败,到后来我也不想听了。"

"怎么会有人是天生的黑道?"虽然李天吾抓过的小混混有的也会跟他说,除了这个,别的什么都不会做,可是他从来不信。

"总统换了一个又一个,陈水扁现在都已经蹲在监狱里了,可是有的李登辉时代的黑道大哥现在还是黑道大哥,你说是怎么回事?"

"说明没有一个总统下决心扫黑。"

"你以为台湾总统都是白痴啊?绿岛里面也不是没有人

满为患过。日本的黑道在警察局是注册的,台湾很多的电影都是黑道拍的,我们还是会去看,这是怎么回事?"

"那就说明你们的政府和黑道同流合污,拿他们当枪使。"

"拜托你一个三十岁的警察想事情不要这么肤浅。黑道永远不会消亡,因为那是人性的一部分。"

"人性吗?你故弄玄虚的本领还真是不一般。"

"打个比方给你。就好像人身体上有好多器官,大脑肯定是高高在上啦,手脚四肢也看上去清清白白,可是人有五急,总有些器官不太好光明正大的摆出来,要放在内裤里,就是这个道理啦。"

"黑道也可能是阑尾,除了发炎,没有别的用处,早该一刀切了。"

"几百年前的人类不知道这个吧,现在觉得知道了,可谁知道会不会过了几百年,我们又发现其实阑尾是很有用的,原来切掉的那么多都是切的轻率了。到时候又该怎么办呢?"

"那你说黑道就让他这么一直存在?见不得光的东西不会发炎也会发霉。"

"放在内裤里的东西不一定非要切掉,经常洗洗就不会有事。当然如果你想当太监,也没有人拦着你的。"

虽然落了下风,可是李天吾并不认为自己被小久说服了。

即使黑道是人性本身,也不能证明就一定有存在的必要。依照小久的历史发展观,恐怕史前人类的人性和现在人类的人性也有十分不同之处。李天吾正想就这个角度再次发问,隔壁发出了声响,确切地说,是一声惨叫。李天吾伸手拉开门,看见阿嘉从隔壁的隔间里跌出来,脊背上插着一把刀。阿嘉伸手想去把刀拔出来,可刀插的位置刚刚是他手指的极限,指甲将将能碰到刀柄。试了一次没有成功之后,阿嘉从喉咙里吐出一口气,好像一声哀叹一样,俯卧在地上不动了。阿浩从房间倒退出来,身上没有血迹,眼镜也还在脸上,只是额头上顶着一把手枪。M&P9c手枪,美国造的史密斯威尔森,李天吾想,如果弹夹装满,应该是十二发子弹。

拿枪的人冲李天吾喊了一声台语,身后的人也冲他喊叫起来,小久伸手把门关上,然后坐到李天吾身边,在他的耳边说:他叫我们关上门,别出声,不会有事。阿浩在门外说了一句台语,因为太快,李天吾只听了个大概,什么叫尿扒仔,他小声问小久。就是警察的线人。对面那人又叫了一声,小久在他耳边说,他说啥米郎来讲都一样,一定要相杀。李天吾点点头说,不用翻译了,听语气就知道是什么意思。小久说,有办法吗?李天吾说,可以试试看,你先把鞋脱了,心脏还好?小久说,心脏没事,阿浩是不是今天会出事?李天吾说,不一定,你不要乱动,也不要想要帮忙,只需要照我说的做,懂吗?小久点头说:

懂。李天吾站起来，拉开门。门外的人吓了一跳，也不是感应门，怎么关关开开的。他清楚地看到用枪指着阿浩的人身体抖了一下，好像打了一个尿激灵。李天吾举着双手站起来说：我们是内地的游客，对面也是，因为那个隔间坐不下，我们两个才到这边来。能不能让我们回去，然后一起结账离开，你们的事情你们继续处理。他看见狭小的走廊里几乎站满了人，两头都被堵住了。在他讲完话之后，走廊忽然很安静，也许这些人在想，怎么在这样的时候突然冒出个人讲了一串听起来很理智的话。拿枪的人不看李天吾，用国语说：干，怎么还有其他人？赶快走掉。李天吾说：多谢。然后拉开了对面的门，里面的人发出一声整齐的尖叫，李天吾说：没事，他们在处理生意上的事情，和我们无关，我们走吧，晚上还要去新光三越买东西。房间里的人不知道他在说什么，都仰着头看他，一个中年女人拿着《圣经》小声念着：但愿我的祈望成真，上帝满足我的希冀，愿上帝乐意，将我踏碎，赶快出手，把我了结。李天吾透过窗子看到外面是一片花丛，果然和他们房间不同，运气还算不错，他心想。"好啦，走吧。"赶羊一样，信徒们陆续站起来，夹着书向外走，李天吾和小久夹在羊群中间。他伸手从腰上拔出手枪，走到拿枪的人身旁，抬手顶住他的太阳穴，说：你叫什么名字？走廊马上一片嘈杂。李天吾等嘈杂过去，又重复了一遍：你叫什么名字，请你说国语。那人说：阿亮，兄弟是拜哪里的？你知道你很难走出去啦。人已经几乎散尽,只有小久还站在走廊里,因为她正被一个人用枪指着头。很简单的逻辑。李天吾说:阿亮,我有一个答案和一个问题,你要先听哪一个?阿亮说:答案好啦,你到底要怎样?李天吾说:答案是今天你搞不了阿浩,你需要换一天。刚才出去的人马上会报警,我不知道台北警察出警的速度,但是再慢也很难超过十分钟,刚才已经过去了两分钟,所以除非你的人现在开枪打死我,然后我打死你。阿亮想了想,说:你的问题是什么?李天吾说:请问台北有没有比101大楼还高的教堂?阿亮说:教堂?你什么意思嘛?李天吾说:请问台北有没有比101大楼还高的教堂?就是这个意思。阿亮说:没有,没有那样的教堂,全台湾也没有。你这个人够古怪,为什么要救阿浩,你知道他对我们干了什么?你一个内地人。李天吾说:此事说来话长,简单说是身不由己,不救不行。阿亮说:现在我们要怎样?大陆仔。李天吾说:可能要麻烦你跟我到对面那扇窗户旁边,等我们三个从窗户出去,你再想办法离开,我想我们应该现在就这么做,这样留给你们的时间会更多一点。这时阿浩说:房间里的烧鸭麻烦叫你的人拿给我。

三个人从窗户出去之后,踩死了几株花,两辆警车也已经到了茶艺馆门口。阿浩默不作声带着李天吾和小久穿过小路,回到那两辆保时捷停靠的地方,发现两辆车都不见了。阿浩站在路边打出一个电话,没有人接,然后他把手机放在口袋里,回头对他们两个说:吃点东西吧,小久你先把鞋子穿上。

"你需不需要先躲一躲?"李天吾说。

"该躲的不是我,有什么想吃的没有?"

"鼎泰丰吧。"

包子,姜丝,醋碟摆好之后,阿浩让服务生把烧鸭拿到后厨切好,端上来放在中间。

"你们先吃好了,我去买包烟。"

阿浩回来的时候,李天吾已经吃了两屉包子,小久却没怎么吃,好像还在为刚才的事情发愣。

阿浩坐下吃了两个包子,在夹第三个包子的时候说:你很会用枪。

李天吾说:还可以。

"混哪里的?"

"在内地做事。"

阿浩点点头。

"你知道小久是我妹。"

"知道。"

"你年纪比她大很多吧。"

"确实不少。"

"倒没有关系,不过我想请你做些正行,不光是为她也是为你。"

"我明白你的意思。但是我和小久认识不久,朋友而已,而且我三天之后就走,你不用担心。"

小久忽然说:"哥"。

阿浩摆摆手:"好久不见了,不要说不开心的事。"

小久说:"好"。

阿浩说:"爸爸妈妈怎么样?"

小久说:"和过去没什么两样,只是老了一点。"

阿浩说:"你告诉他们我汇给他们的钱如果他不想要就捐出去,不要退给我。触霉头。"

小久说:"我想告诉你,如果你以后看到他们,就告诉他们……"

阿浩说:"我已经两年没有见过他们,不知道下次见到是什么时候,有什么事不会自己去说?"

小久说:"好。想和你照张相。"

阿浩说:"搞什么?"

小久说:"就是想要照张相,可不可以?"

阿浩很不情愿地和小久合了影,在小久搂住他脖子的刹那,李天吾发现阿浩好像不自在地笑了笑。

照完了相,阿浩把第三个包子放在嘴里,吃掉,又吃了一块烧鸭,说:"还没请教你的名字?"

"天吾。"

"天吾,如果你愿意做正行,我想你可以考虑一下留在这里,手续我来办,你到民权东路四段的恒盛典当行找阿浩就可以。"

"如果我想留下,我会去找你帮忙。"李天吾说。

有短讯传进阿浩的手机,他看了一眼,说:"你们吃,我先走。小久你下次不要穿成这样,好好念书就好。你的心脏问题要小心,脸色很苍白,这个给你。今天谢谢你,天吾。"他伸出手和李天吾握了握。

在阿浩从楼梯走掉之后,李天吾吐出一根鸭骨头,说:这是什么东西?

情人糖。小久拿出一颗递给李天吾说。

六 存档-3 女人穆天宁

我没有想到，父亲会在发病之前变成一个小偷。在我二十九岁的时候，他已经因为酗酒，大部分时间忘记了自己是谁，当然也丧失了继续殴打母亲的能力。据母亲回忆，在他不能再向她动手之后，也就是如果挥出拳头，很可能没法击中目标反而自己会向着挥拳的方向摔倒之后，他爱上了微笑。他就坐在床边，看着我的母亲微笑，母亲问：你笑什么？他说：给一点酒喝。他的手放在腿上，剧烈地抖动，点一支烟也需要很长的时间才能把火苗放在烟头上。母亲不说话，出门买菜，等她回家之后，父亲还坐在原来的地方微笑，而在她随后发现，厨房里的料酒空了。之后她把家里的料酒藏了起来。在家里找不到一滴酒之后，父亲忘记了自己的名字。母亲问他：你叫什么？他笑而不答，母亲大声喝问他：说话，你是谁？他摇摇头说：想不起来。母亲说：我是谁？父亲说：你是小玲。母亲说：小玲是谁？父亲说：是我的媳妇。母亲说：你是谁？你叫什么？父亲摇摇头说：想不起来了。母亲说：你知不知道你这么多年做了什么？父亲摇头说：不知道。母亲说：你打了我三十年，你欺负了我三十年，你知不知道？父亲仰起脸说：是吗？母亲说：不要装傻，你肯定什么都知道。父亲说：我想不起来。如果真是那样，对不起了，小玲。母亲找出家里的白酒，倒了一杯给父亲，说：喝了吧。父亲喝了一口，就吐在了裤子上，然后微笑看着母亲说：喝不下了。母亲抬手打了他一巴掌，然后抱着他哭了。

傻掉之后的父亲每天的工作是坐在楼下的小卖部门口晒太阳。母亲早上把他领过去看他坐好，在天黑之前再把他领回家，帮他洗漱睡觉。我家的窗户正对着小卖部门口，母亲可以随时看到他是不是还在那。她从没发现他曾经离开过那个板凳，但是事实证明他一定在什么时间走开过，这让她在后来十分费解，他到底是什么时候不见了又是什么时候回来的呢？而他曾经离开过的证据就是他会送给母亲礼物。比如一天母亲晚上把他领进家门，他从裤子的口袋里掏出一个苹果放在客厅的餐桌上说：给你一个苹果。另外一次他从口袋掏出一只湿漉漉的小螃蟹说：给你一个螃蟹。母亲问他，东西是从哪来的？他说是有人送他的。母亲问，谁送你的？他说，想不起来，就是有人要送给他，他只好收下。有一天在母亲接他的时候，发现他的鼻子肿得老高，上衣有干了的血迹，而兜里装着一枚准备送给她可已经压碎的鸡蛋。母亲把他领到了附近的菜市场，没费多大的力气就找到了打他的人，一个常年在那里卖鸡蛋的男人。你怎么可以打他，他是傻子，母亲说。男人说，傻子就可以偷东西吗？母亲说，把鸡蛋还给你就好，你为什么要打他？男人说，到底是你傻还是他傻，如果他还给了我，我会打他吗？我当场抓住他，他还不还给我，说我说好送给他的，怎么能反悔？我不是打他偷东西，是打他嘴硬。母亲说，可你打了他的鼻子。男人说，我也不是拳击手，怎么能说打哪就打哪。父亲在母亲身边微笑着对那男人说：谢谢你送我鸡蛋。小玲正好你也在这里，鸡蛋就是他送给我的。母亲拉着父亲的手离开了鸡蛋摊，还有谁送过你东西，你记得起来吗？送我东西的人我怎么会不记得。母亲找到了卖苹果的女人，找到了卖螃蟹的老人，找到了卖其他东西的人。他们都记得父亲，不是没有其他人在菜市场小偷小摸，但是只有父亲一个是偷了东西，还要感谢对方把东西送给他的人。他们中的大部分人没有收母亲递过去的钱，他们大都会说，东西不值几个钱，而且谁叫他是个傻子吗？只有一个卖大蒜的女人说：我觉得他没偷东西。母亲说：偷了就是偷了，把钱收下吧。女人摇头说：他拿了东西之后，谢了我，我觉得就算送了，那头大蒜确实是我送给他的。

　　之后父亲走路出现了困难，之前他虽然走得很慢，可是还是能自己走路的。在某一个时间点之后，他开始跌倒，而且经常跌倒得十分突然，上一秒钟还好好的，缓慢而平稳,下一秒钟就突然摔倒在地,站起来之后全然忘记自己刚才跌倒过,而问母亲,我的衣服怎么脏了?上面的灰尘是哪来的?在母亲领他去医院的路上,准确地说,是刚刚走进医院的时候,他看了看医院里嘈杂的人群和几个正聚在一起哭泣的家属,然后再次摔倒在地,这次他没能自己爬起来,而是倒在地上好像睡着了。医生给出的结论是,脑出血,做了开颅手术之后,暂时脱离了生命危险,只是无法确定什么时候会醒过来,因为血块已经大大的损伤了他脑部的神经,再也无法复原了。是不是早就开始出血了呢,他已经傻了几个月了,记不起自己是谁?母亲问。医生说,不是,在医院跌倒的时候是唯一一次的出血,之前大脑也许是健康的。母亲说,那他怎么已经开始失去记忆了呢?医生说,很多酗酒的人大脑都会受到不同程度的损伤,而这种损伤单从外观上或者说单单从颅内组织的情况上是没法确切分辨的。医学从某种程度上只是一个概率问题,比如这次脑出血的原因,当然很可能是因为长年酗酒导致的,不过也可能完全没有关系,就如同苹果会掉到地上,是因为万有引力的关系,可你无法确知下一次苹果还会不会掉在地上,虽说从过往的经验来看,有着极大的接近于完全的可能,说到底还是可能。作为医生,我只能说,他到现在这个地步很可能是因为酗酒导致的,傻掉的原因很可能是因为同一个原因,而且未来他很可能再也无法讲话,无法行动,也很可能在睡梦里因为更严重的复发而死亡,但是这些也都是可能而已。

在我来到医院之后,母亲向我复述了这些可能。即使在我记忆里母亲最无助的时候,也就是被父亲逼到墙角用皮带抽打的时候,她也没有这么弱小。她的人生好像刚刚着了一场大火,而她现在站在废墟前面,无数次的哭泣之后,幻想着一切能突然从灰烬里生长出来。而她的这种状态也剥夺了我本来应该获得的轻松感,因为父亲无法再向母亲施暴而获得的轻松感。在看到父亲躺在床上的安静面容时,这种轻松感更是荡然无存,取而代之的是一种深深的无奈。他在均匀地呼吸,嘴角似乎还在似笑非笑,我本来曾经设想过无数种报复他的方式,而现在他已经无法感知任何方式的报复,从某种意义上说,他已经死了。我发现自己忽然陷入了一种迷茫,像个坏父亲一样活着,就像他曾经做过的那样以便给我一个报复他的机会和像现在这样慢慢的无声的死掉,如果我是上帝的话,他的这两种存在方式我不知道应该选择哪一个。当然把时间向前移动,我更愿意选择他像一个好父亲那样活着,使母亲度过幸福的人生,使我变成一个不同的人,可我没有能力拖拽时间的鼠标,我的界面上只有一个能够点开的文件夹,名称是:他熟睡。我不知道为什么会出现这样的安排,在一个人毁掉了自己和家人的全部家庭生活之后,好像筋疲力尽一样躺在床上睡着了。在我三番两次以案子在身为由,拒绝陪护他之后,母亲说:你是他的儿子,你不能不管他。你的名字还是他起的。我说，我没有不管他，他的医疗费用由我负责，我只是没时间待在医院里。你可以雇一个护理，费用也由我负责。而且关于名字，又不是我请他起给我的。母亲说，如果你确实忙那就算了，工作要紧。护理我不会去雇，我自己来。我说，你会把自己累死的。母亲说，他坚持不了多长时间，不会累到哪里去。事实马上证明她错了，父亲死人一般活着，除了大脑，其他所有器官都在正常运转，好像一个老板出国度假的公司，虽然无法做出什么重大的决策，可也没有因此而倒闭，而是保持着原来的样子经营。母亲迅速消瘦下来，原本隐藏的血管浮现在手上，她默默消瘦的样子明确通知我：你已经别无选择。于是我向蒋不凡告了假。父亲病了？我说，是，脑出血，估计坚持不了多久了。什么时候的事？一个月之前。你怎么才说？不是有案子在跟嘛？赶紧给我滚回去，案子要多少有多少，爸就一个。在哪个医院，我去看看。别去，需要你的时候我会和你说。行，反正是你爸，你自己定。不用着急回来，缺了你地球照样转，懂吗？

于是我得到了一个没有期限的带薪假期，收入没有多少减损，蒋不凡擅自在一些案宗的经办人上写了我的名字，以便我能拿到相应的奖金。换句话说，从表面上看，我在休假的时间里也神出鬼没地破了不少案子。而面对人生的第一次如此漫长的无事可做，除了每天晚上睡在父亲的单人病房里，白天中午醒来之后，我便去公园或者书店打发时光。

和安歌分别的那条长椅，我在警校念书的时候也经常会去坐一坐。面对着湖水和远处的树林，清空自己的思绪，然后把安歌引进来，放在脑海的中央。虽然这么多年来，我没有放弃寻找她的努力，可还是没有一点线索。她的父母卖掉了皇姑区岐山路上的房子，搬到了国外，不过是搬去了两个不同的国家，因为两人已经在安歌失踪不久之后宣布离婚。我没有就此放松对于这两个人的关注，防止安歌暗地里联系他们其中的某一个而我没有知道。但是看来安歌并没有这么做。她的父亲在付了他那几个学生一大笔赔偿金之后去了美国，并在美国获得了很大的声誉，而声誉也同时助长了他风流成性的行事风格。他在两起和幼女有关的丑闻中成为被告，但是都成功脱身，原本的丑闻成了美国社会对东方艺术家不公正的诋毁。她的母亲在她失踪第二年之后在日本再嫁，第二任丈夫是日本的一个名不见经传的陶艺匠人，有一个奇怪的名字叫做千兵让。两人定居冲绳，婚后一年生下一个男孩儿。她渐渐退出了知名艺术家的圈子，成了一个更温和的母亲。安歌应该三十岁了，和我一样。她可能生活在和此时此地不同的某时某地，过着她想要的生活，也许就像她说的，活在自己最喜爱的时光里，也可能完全相反，过得一塌糊涂。她写给我的信在我的抽屉里放了十几年的时间，铅笔写下的字迹已经不是那么清晰，每次把信在台灯下展开，安歌便好像来到了我的身边，一边拆开我的钢笔检查哪里出了问题，一边轻声说：请放心，我会捍卫你。她还没有死，与其说是一个判断，这句话更像是一种信念。我牢牢把这种信念拷在自己的心神上，带着它从十八岁慢慢走向三十岁，时间越久，这种信念越为强烈，她不会死的，她躲了起来，而我一定会找到她。

新华书店与我家的直线距离大约五百米，实际距离大约一千米，和父亲所住的医院与我家的距离差不多。我记得刚刚从平房搬到楼里，从我家的窗户向外看去，第一眼看到的就是"新华书店"四个红色的大字。经过多年的发展，新华书店已经萎缩在两层楼里，其他楼层租为他用，最大的租户是中国联通公司的营业厅，每天卖着不同兆宽的宽带和各种话费套餐。两层楼的书店在S市也已经算是规模不小，况且二层的地上还铺有地毯，可以拿本书席地而坐随意看下去，直到书店打烊。书虽然摆得不是十分规整，换句话说，简直是随便乱堆在书架和地毯上，可是如果遇见资深的营业员，还是可以跨过障碍物找到自己想要找的书的。在陪护父亲的那段时间，我每天中午醒来，简单吃过早饭，就走到新华书店里找本书坐下。我读书可说是并无一点目的，更不用说想要磨炼什么精纯的趣味，只是因为从高中起喜欢读而读，甚至说安歌对此事的作用也仅仅是起了头而已，往后便成了我自己的事，读书可以忘记包括安歌在内的所有事情，只在心里想着：有趣有趣，后面待要如何？或者目前无聊，再过几页会不会有点起色。这么说来，我大多读的是小说，并非是看低了其他题材，或者看到诗歌和散文就忽然不认得字了，而单纯是个人兴趣。小说总体上是一个完整封闭的世界，人类最接近上帝的角色可能便是充演一个小说家，科学家当然也能从一个试管中造出一只羊或者一条蛇，听说造人从目前看来也不是很难做到，但是其工作或多或少还是与小说家不同。最初的亚当夏娃并没有多少可看之处，只有吃了生命之树上的果子之后，能辨善恶，一切才开始有趣了。我常怀疑小说家的劳动和那树上的果子有极大的关联。我不看侦探小说，柯南道尔，阿加莎克里斯蒂，东野圭吾之类。不是写得不精彩，只是作为警察，知道这些作家是大大的外行。这也正是这些小说能够精彩的原因，若是内行人，必会处处掣肘，想象力无从施展。史诗巨著也能拿起来看，只是一旦写起史诗，作家就好像当即失去了幽默感和灵巧，中国的作家更是如此（也可能原来这两样东西就没有多少）再加上我对小说有某种偏见，这种偏见很可能来源于自己的懒惰，即是一部完美的小说应该有一个完美的长度，超出这个长度就很难完美，再经典的长篇巨制也有冗长的成分。那天下午在新华书店二层，我就正拿着一本我喜欢的书，不错的长度，坐在书架中间的地毯上读。

"想到这件事，不知不觉喝了很多酒。天已经晚了，饭厅里只剩了几桌客人。有一个服务员双手叉腰站在厨房门口，好像孙二娘在看包子馅。我在恍惚之间被她拖进了厨房，倒挂在铁架上。大师傅说：'这牛子筋多肉少，肉又骚得紧。调馅时须是要放些胡椒'。那母夜叉说道：索性留下给我做个面首，牛子你意下如何？她上唇留一撮胡须，胸前悬着两个暖水袋。我说道：'毋宁死。'她踢了我一脚说：'不识抬举。牛子，忍着些。过一个时辰来给你放血。'于是就走了。厨房里静悄悄的。忽然一只狮子猫，其毛白如雪，像梦一样飘进来，蹲在我面前。铃子对我说：'王二！醉啦？出什么神？'"

我活动了一下脖子，小声说：这小子。然后用手指沾了一点吐沫，准备翻过这页继续读下去。

"你叫别人怎么看？"一个声音忽然在对面冲我说。

原来是一个坐在我对面的女孩儿，我们两个都直着腿坐在地上，她手里也端着书，腿离我的腿很近。

"在和我说话吗？"

"当然在和你说话。你的吐沫沾在书页上，别人怎么看？"女孩儿穿着黑色的呢子大衣，地上的下摆过了膝盖，脖子系着黑色围巾，身边放着黑色的皮制挎包。只有圆脸和脖子的皮肤十分白皙，眼睛本来也许是可爱的那一款，因为即使皱着眉头下的眼睛也没有她想要表现出的那么严肃。总体上来说，好像刚刚参加完爷爷丧礼，但是并没有特别悲伤的女大学生。

我没有应声，继续读书。

"你为什么不买回家去读,怎么读就随你的便了?"

不应声,也不要再用手指沾涂抹,我告诫自己。可为什么不马上站起来走掉?似乎不合礼数,太冒犯别人了一点。

多亏书写的精彩,很快我就又回到王二和小转铃的世界。

"小转铃说过,她需要我这个朋友,她要和我形影不离,为此她不惜给我当老婆。和一个朋友在一起过一辈子可够累的。所以我这么和她说:也许咱们缘分不够,也许你能碰上一个人,不是不惜给他当老婆,而是原本就是他老婆。不管怎么说,小转铃是王二的朋友,这一点永远不会变。"

这家伙。

"确实这么有趣?"黑衣女子怎么还没走。

"是有趣。"这个问题我愿意忠实的回答,对于一本确实有趣的书,无论面对的是什么人,我也应当对书负责,说出这本书确实有趣的事实。

"你知道弄这一本书有多麻烦?遇见你这种只看不买的人,努力就白白浪费了。"

"没有明白你的意思。"我把手指放在书页之间,防止一会读的时候忘记从哪继续。

"我的意思是把这一本书做出来,辛苦不是一般的,又要组稿,又要审查,还得设计封面,确定纸张,再到发行,宣传，就算上市之后，一旦被查出有反动的因素，书被下架不说，编辑的执照也要跟着被吊销。结果落到你这样人的手里，把自己的吐沫抹在每一页上，又放回书架，拍拍屁股走了。"

"确实辛苦。可是这些辛苦的目的是把书变成钱还是让读书的人获得乐趣呢？或者说，做一本书到底是为了有人买还是有人看？"

"当然是要人买，如果没人买，编辑就会饿死，作者就会饿死，行业就会饿死，到时候谁再写书做书给人坐在书店里看？所以根本问题是花钱买书。"

好吧，第一这书确实不错，除了这一篇，其他几篇还没读过，买回家也不算亏本，第二以我的收入其实大可以多买些书放在家里，只是书店离家太近了一点，我又不是那种买书不读摆在家里充门面的人，家里只有十几本常读的枕边书，其他时候想读书就走几百米的路，养成了习惯。第三，目前看来，若是不掏钱买下这本书，今天想要不冒犯对方而脱身实在很难。

"你说得对。我这就买。"说完我站起身，腿脚有点麻木，一边活动脚踝一边把手伸进怀里。没有带钱包。也许钱包落在了父亲的病房里，那天是第一个月住院结款的日子。

"我明天来买，今天没有带钱。"

"这当然是你自己的事，不用跟我汇报。"

不要辩解了，不要管她相不相信。明天来买就好。我对她点点头，走了。

来到病房，遇见每天给父亲换点滴的护士，一位三十四五岁，样子相当男性化，手脚麻利的女护士。"你的钱包落在款台上，我帮你拿到护士站了。""谢谢你。"取回钱包，我坐在父亲病床对面的沙发上。那几天母亲犯了高血压，下午需要回家休息，所以我通常早早就到了病房。沙发打开来可以变成一张单人床，我晚上就睡在上面。病房条件很好，当时已经是深冬时节，附近的小马路上还有积雪，夜晚的时候无论穿得多么厚实，站在室外太久也会渐渐手脚麻木。病房里却好像夏天，进来不久就需要把衣服一件一件脱掉。父亲身上插着监测仪器，躺在床上均匀的呼吸，房间里既没有花也没有水果，几乎没有前来探病的人。事实上，如果我不进来，房间里几乎只剩下白色，白色的窗帘，白色的床单，白色的头发。父亲什么时候头发全白了呢？应该没有一个具体的时间，一点点白到最后一根，只是我没有注意。我站起来看了看点滴的进度，按照过去几天的经验，五六个小时之后才需要更换。心电图十分平稳。掀开棉被的一角，没有排便。然后我躺回沙发上，此人变得如此安静真有点不可思议，若在平时，他看我躺在自己的衣物上，一定会踢我一脚，骂我一顿，说不定由此生出母亲应该对我变成这样负责的念头，再痛骂母亲一顿。我起身把衣服叠好，打开沙发，放在已经变为床的沙发的一角。再次躺下之后,我想,就算你突然醒过来,也没有理由找我的麻烦了吧,然后便睡着了。在睡梦里,我见到了姑姑,准确的说,是很老很老的那个姑姑,可能有一百岁。她颤颤巍巍地向我走过来,把钱塞进我的手里,说:给你念书,不要告诉别人。我说,姑姑,我已经不需要再念书了。她还是说:给你念书,不要告诉别人。然后转身走进一个隧道里,我喊到:姑姑,你去哪?她回头和我说了一句什么,我听不见。我说:你说什么?她刚想再说给我听,突然被一阵风吸进了隧道里不见了。

第二天中午来到书店,黑衣女孩已经先我来到那两排书架之间坐好,看见我走过来,她抬头对我说:来买书了?

"是。"

"信用还可以。不再坐一会了?"

"不了,像你说的,买了书回家随便看,沾多少吐沫在上面也不会有人管我。"

"这本书不赖,你不想看看?"她挥了挥手里的一本红色小书。

"什么书?"

"《击壤歌》。"

"没听说过,名字我都不懂,恐怕看不下去。"

"日出而作,日入而息。凿井而饮,耕田而食。帝力于我何有哉?这就是击壤歌的意思,一首上古的歌谣,不过这本是台湾人写的。"她站起来把书递在我手里。

我接过翻了翻。她在我身边说："你觉得封面怎么样？"

"还好，是一面墙和一扇窗子是吧。"

"我觉得有点呆滞，如果我做，就用木棉花，因为书里提了好多次罗斯福路的木棉花。版式呢？我是说你觉得打开之后，读上去舒服吗？"

"还好，字看上去不大不小。"

"我也觉得是，版式可以，只是没用插图有点可惜。应该放些插图进去，台北的风景啊，校园啊，也可以把圣诗或者歌词写在纸上拍下来做成插图放进去，文艺气息会更浓一点。"

"圣诗？"

"里面有一段小插曲写的，约拿书是说山可以挪开，小山可以迁移，但神对人的大爱，永远不更易。这用繁体字写在信纸上一定很好看。"

我感觉到心跳加快，喉咙收紧，放在书页上的手指不受控制的哆嗦起来。

"在哪里？"声音也不像自己的。

"哪能记得，自己翻翻看，书也不是很厚。"

我找到了圣诗，然后又找到了那首叫做《小白帆》的童谣。然后我坐在地毯上，把书从头到尾读完了。等我再次把眼睛从书上挪开，发现黑衣女孩坐我的身边看着我，好像在看从金字塔里走出来的木乃伊。

"我能问一下你为什么在发抖吗？"她小声说。

我摇摇头说:"还是不懂。"

"不懂什么?这书有这么感人?女生心事嘛,怎么把你感动得这么厉害?"

"看完了之后我也不明白和她有什么关系。"

"她是谁?"

"一个朋友,看完这本书之后失踪了。"

"女朋友?"

"不是。很特别的朋友。我不知道该怎么讲,讲不出来,希望你能理解。"

"说实话,不是很容易理解,我没有过这样的朋友。不过我相信你说的是真的。"

从《击壤歌》中抬起头之后,我发现天已经完全黑了,这个时点我应该已经在父亲的病房里了,随后我发现自己处在不小的难堪之中。我拿出手机打给护士站。"没事,你父亲的情况很平稳,我们能够帮你照顾,你可以晚点回来,每天来这里陪护,也需要适当的休息,要不然你也会病倒。"

"如果方便的话,想请你吃点东西。"我对女孩儿说,高中毕业之后,认识的女孩儿不少,也偶尔会和看得顺眼的女同学单独吃饭,吃饭而已,然后就各自找路回家。

"方便倒是方便,不过我不喜欢白白吃别人的东西,这本书我送给你。可以吃火锅吗?"

"没问题。"于是下楼分别给两本书结了账。

到处都是火锅店,我选了一家相对精致的。点过菜之后,女孩儿拍了拍手说:"好了。名字,职业。"

"天吾,是警察。"

"姓天吗?"

"李天吾。"

"我叫穆天宁,是做文学编辑的。"

"怪不得对书的制作说得头头是道。原来是行家。"

"不算行家,刚刚入行不久,不过确实很喜欢这个职业,每天满脑子想都是怎么把书做好,有时候睡觉也想。"

"为什么喜欢做编辑?喜欢读书?"

"肯定是喜欢读,要不然也做不下去。也喜欢写,但是写得很烂,没法出版那种,于是就选择做编辑,别人写,我来做,一本书创造出来,我也占一份,喜欢这种感觉。"

"有一个问题。"

"可以随便问,既然是你请客。"

"为什么这么喜欢穿黑衣服,还是这两天有特别的事情?"

"很简单的理由,我有点胖,黑衣服会显得瘦一点。能看出来我有点胖吗?"

"说实话,不太看得出来。"

"那就说明我穿对啦。"穆天宁一口吞下一枚在我看来尚且半熟的鱼丸。

寒夜里的火锅店热气腾腾,食客们都在对着一锅沸水把东西放进去提出来，然后端起酒杯，喊着笑着把酒灌进肚子里。如果有什么东西能真实的模拟这个城市的话，火锅店也许要算一个，生的变成熟的，理智的变成疯癫的，沸水不变，只是不断有新鲜的人跳进去煮。

"忘记了一件事情。"闷头吃了一会，穆天宁突然说。

"请讲。"

"没有点酒，一直在喝茶水，喝的我都觉得瘦了。"

"是我的疏忽。我不能喝酒，夜里还有事情，你自己喝行吗？"

"一点问题没有，一个人喝两份。"

穆天宁招手叫来服务生，点了一件冰镇的雪花啤酒。一件是小件，即是六瓶。不到半个小时，就着鲜牛肉，手切羊肉，金针菇，蔬菜拼盘，喝掉了三瓶。还是面不改色，吃东西的势头也不见减弱。

"让你破费了。"她一边打开第四瓶啤酒一边说。

"不用客气，随便吃喝。今天钱包确定带了。"

"明白。警察嘛，手高手低，不会太穷。"

"没你想得那么简单。而且即使不是警察，一顿饭也不会把人吃得破产。"我继续慢慢喝着自己的茶水，欣赏着她把酒倒进嘴里的潇洒手势。

"四瓶啤酒是我的极限。"她打开第五瓶的时候说。

"多喝点没关系。"

"可是你说的，喝多了胡言乱语发疯要泼你也要付账。"

"只要你不用啤酒瓶把我打倒在地,付账的一定是我。"

喝掉第五瓶啤酒之后,她的脸颊上有了红晕,东西也不怎么吃了。

"刚才我没有说实话。你这警察不怎么样,不说实话你也不知道。"

"现在准备说吗?"

"看在你请我吃这么多好东西的分上,我说给你。我穿黑衣服是因为我刚刚失恋了。"

"失恋的原因是对方去世了?"

她用手指着我说:"你还挺机灵的,这句话说得讨人喜欢。不过那小子还没死,活的比我还要快活,跟一个两条腿像麻秆屁股像秤砣的女人跑了。"

"很形象。"

"能不形象吗?被我堵在床上,掀了被子一览无余。"

她说完,打开第六瓶啤酒给我的玻璃杯倒满,泡沫顺着玻璃杯淌到了桌子上。

"陪我喝一杯。否则宁可我自己付钱,也要把你打倒在地。"

我只是举起杯和她碰了一下。

"我的爱情死了,黑衣戴孝。为我过去三年的傻逼爱情,干杯。"

我的酒还没有喝完,她就已经倒在桌子上,脸枕着餐盘睡着了。

我结了账，拿了书，扶着她站在火锅店门前，觉出寒风凶猛。刚才说看不出她有点胖确实不是虚言，而把她扛在肩上才发现她也没有骗我。无处可去，好像捡到了找不到失主的钱包。和陌生人喝酒本就存在这样的风险，一旦其中有一个人事不省，另一个除了把她领回去别无他法。我只好打了一辆出租车把她载到父亲的医院。医院还没有熄灯，走廊里十分明亮，因为有一个患者刚刚去世了，一个中年女人坐在走廊中间用手捶着水泥地面号啕大哭。父亲病房的护士执勤，正在帮病人家属查找殡仪馆的电话号码，看见我们之后说：咦，是又要办住院吗？这么晚可不行。我说：不是，一个朋友喝多了，在父亲的房间将就一宿就好，不会给你添麻烦。她走过来翻开穆天宁的眼睑看了看说：看来没事，睡一觉就好了，父亲病了，还跑出去喝酒，你就是这么休息的？我没有答话，拖着她进了父亲的病房，把她放在沙发上。她这么睡过去，明天起来恐怕要感冒。才过了几分钟，她的鼻子上就有汗珠了。我在心里权衡了一下，走过去把她的外衣脱掉，里面的毛衣终于不是黑色，而是白色的底子上绣有一只黄色的维尼熊。就这样吧，即使再热，也没办法再继续了。我用床下的塑料盆打了半盆凉水，放在沙发边，然后坐在父亲床边的椅子上，把外衣搭在椅背上，拿起《击壤歌》读。

夜里父亲还是像原来一样，毫无动静，只是排了一次尿，倒是穆天宁翻身吐了两次，挥舞双手好像在一手掐住谁的脖子，一手扇其耳光。幸好我小心躲过，帮她把脏东西倒掉。凌晨两点左右，她彻底沉沉睡下。《击壤歌》写得十分流畅，随处可见才女的妙语，只是所写所想，无论时间空间，离我相当遥远了。七十年代的台北，不知道给了安歌什么样的启迪，使她义无反顾使自己消失于熟悉的世界，以她失踪的年龄和身上所带的东西，不可能跑去台北的，或者这本书和她的失踪完全没有关系，只是时间上碰巧紧密相连，而她失踪的原因只是受不了当时的一切，如同割伤自己一样，以断然消失来表示对这个可笑世界的抗拒，而我也是她所遗弃的这个可笑世界的一部分，也许是使这个世界最终完整的一块拼图。不得不承认，那个夜晚十分漫长，读书的过程也远远称不上愉快，尽管书中的青春情怀激荡四溢，可我发觉在第二天天亮的时候，我好像老了。即使找到了圣诗和歌谣的下落，也就是安歌失踪事件所能留下的最重要也是最后的线索，也无法从中窥探出她失踪的真正秘密。我遭到了潜伏在各种偶然性里的命运的沉重一击，几乎把我击倒在地，使我产生了放弃继续寻找的念头。也许是不是继续当警察也无关紧要了，这不是我的人生，是他人的人生，我不小心掉了进来。我年龄还不大，可以继续去读书，也许将来可以做一个老师，把我喜欢的文章念给他们听，和要好的学生通信，看他们一点点长大。与合适的女人结婚生子，妻子牵着孩子的手弹奏钢琴，我在一旁批改学生的作业，也许那才是属于我的真正的人生。但是就在发现天已经亮了的时候，另一种执念重又钻进我的身体，我拉开窗帘，望着窗外薄弱的天光，想起在警校的训练课上，被强壮对手的小腿牢牢锁住喉咙，只要我没有认输，在没有断气之前，都有反败为胜的机会。目前找到安歌的希望虽然愈发渺茫，可也没有任何证据证明她已经死了，而从我掌握的信息来看，世界上也许只剩下我一个人还在苦苦寻找她。我忽然明白，虽说我渺小而脆弱，在当警察的几年里，不断面对各种各样的危险时刻，随时可能被死神的大手轻轻捏死。我并没有违背我许下的诺言，虽然我也曾经伤害她，每次想起那天的情景我都想马上跪倒，恳请上天能原谅我因为年少而犯下的过失。可我在其后的年头里，一直在用自己的方式捍卫她，那就是无论如何不能把她遗忘，以后也不会，只要我还活着。

穆天宁醒了，方式是又一次吐进盆里。只不过这次呕吐使她醒了过来，自己去洗手间把塑料盆刷净，看起来又洗了洗脸，梳了头发。回到沙发上之后，她把额上沾湿的头发拨到一边说："没想到昨天晚上能睡在病房里。"

"我也没有想到。"我把《击壤歌》放进抽屉之后说。

"醒来之后发现在病房，还以为是自己不行了。"

"不会，六瓶啤酒而已。有心事的人容易喝多。"

"把我带到病房睡觉，你真够可以的。"

"没有办法，晚上离不开人。"

"这是你的什么人？睡觉的那位。"

"我爸。脑出血,可能不会再醒过来了。"

"就这么一直睡下去?"

"可能也不会,最有可能的是突然有一天死去,不过样子也会和现在差不多。"

"看来真正有心事的不是我,是你。"

"不算心事,无能为力的事情我通常不怎么去想。"

"这么说我可差远了。不过,"她从沙发上站起来走到床边,"也可能是我没法确定什么样的事情我确实无能为力。"

父亲应该不知道谁站在她的床前,即使他这时醒过来,似乎我也不知道该怎么介绍身边的这位来访者。一位醉酒的女文学编辑机缘巧合来到这里看看你。恐怕他会以为自己已经到了另一个世界。

"不用上班?"

"请了长假。"

"当警察还真不错,你们需要女警吗?"

"也许需要,不过你可能不行。"

"怎么这么瞧不起人,我身手相当了得。"

"不是这个意思。警察不能动不动就把自己喝醉,随时都可能出警的。"领教过了,我心想。

"谁动不动就喝醉?我这辈子第一次失恋,还不能醉一回?我看你是大男子主义,有机会比试一下你就知道了。"说着她把手放在父亲的额头上。

"干嘛?"我吓了一跳,伸手去抓她的手。

她用另一只手推开我,说:"我外婆瘫痪十六年,一直住在我家,平时都是我护理,你紧张个什么劲?"

她一边用手轻轻抚摸父亲的额头,小心避开纱布蒙着的刀口,一边说:"叔叔,我叫穆天宁。今天天气很好,阳光普照,小猫小狗都跑上街了。如果你这就起来,我就陪你去院子里走走。想休息也没关系,我这人最喜欢在这样的天气宅在家里,看看书啊,看看电影啊,看看韩剧啊,睡睡午觉啊。你大可以安心睡你的回笼觉,我帮你按按摩,没意见吧。"

"小猫小狗都跑上街,这句有点奇怪。"我说。

"不要把小猫小狗不当人,这是大男子主义的另一种表现形式。"她坐在椅子上,牵着父亲的手开始帮他放松小臂。

"点滴打得久了,身上会肿,要多做皮肤按摩刺激他的血液循环。先是手和胳膊,然后是后背,最后是腿和脚。指甲怎么这么长?"

"指甲?"

"指甲刀呢,有没有,如果你指甲这么长,你不觉得丢人吗?你爸一定觉得丢人,只是说不出来而已。"

没有准备指甲刀,我跑去护士站借了一把。"那位醉酒小姐醒了吗?"护士把指甲刀递给我。"完完全全醒了。"我回到病房,穆天宁已经脱掉了小熊毛衣,露出了红格子衬衫。看起来准备轰轰烈烈大干一场。

"这里真是热得可以,怪不得一直觉得口渴。指甲不要剪得太秃,不小心弄破了会感染,勤剪一点就可以。"我给她倒了一杯白开水,她看也没看一口气喝下去,然后继续帮父亲剪指甲。

"和父亲感情很好?"

"一般。"

"一般就是不好。"

"这么说也可以。"

"你这个警察说话真是婆婆妈妈,难以想象枪会落在你这样的人手里。"

"只能说明你对警察有误解。"

"和父亲感情不好,那么晚了还要拖着我来病房?"

"两码事。夜里一定要来。"

"不和你说了,总是说不痛快。你不睡一会?看你眼睛,一夜没睡是吧。"

"没事,我妈马上来了,我回家去睡。"

"明白,妈妈一来,你就要解释为什么房间里多了一个我。第一天按摩,也不宜做得太久。"说完她把侧着身子的父亲放平,以极快的速度穿戴整齐,拿起挎包说:"你那本书也借我看看?"

"送你吧。"

"不着急,我先看看有没有趣。叔叔,你先睡觉,醒了就出去走走,不要害怕,世界没怎么变的,再见了。"说完头也不回的出门去。

真是个急先锋。我心里想,讲话快,喝酒快,喝醉快,消失快,怪不得失恋那么快。三年快吗?很快了吧,和希望的一辈子比起来。没有过几分钟,妈妈拎着新买的尿片走进来。

"你爸今天气色很好。"

"是吗?我看没什么两样啊。"

"不一样,他好像在笑。"

"没看出来,错觉吧,妈。"

"可能吧。你先回家睡觉,早饭我做好了放在电饭锅里。对了,护士说,你昨晚背过来一个女孩儿,人呢?"

真应该掌嘴。

"已经走了。"

"哦,回家吧。"

十个小时之后,我又回到病房。妈妈正坐在椅子上和父亲说话。

"当时如果不是你,那年厂里的扑克双打比赛我们就是冠军了。谁想你打到一半,埋怨我出错了牌,扔下牌走了。谁没有出错牌的时候?错了再想办法赢回来,扔下牌走了可是你的不对,多好的一手牌啊。"

"妈我来了。"

"哦,那我回去。指甲剪得挺干净,我都没有想到给你爸剪指甲。"

"回去吧,明天不用那么早过来。"

"对了,有空帮我买一台半导体,我的那个又坏了,想听点地方戏。"她出去之前说。

独自一人再拿起《击壤歌》读,这一次发现安歌从中提取的信息好像都和海洋有关。那首圣诗虽然没有明确提到海洋,"可不忍一沉沦"也可视作孤岛一样的人的沉没,况且在她声称自己所写的小说中,也化用了圣诗中的句子说,阳光照耀海水,也照耀我们。而那首朝鲜童谣《小白船》不但提到了海洋而且提到了灯塔。船,海洋,灯塔,也在她口述的小说中出现。在《击壤歌》的135页和184页两次引用了一首诗:

> 我从海上来,带回航海的二十二颗星
> 你问我海上的事儿,我仰天笑了……
> 如雾起时
> 敲叮叮的耳环在浓密的发丛找航路
> 用最细最细的嘘息,吹开睫毛引灯塔的光
> 赤道是一道润红的线,你笑时不见
> 子午线是一串暗蓝的珍珠
> 当你思念时即为时间的分隔而滴落
> 我从海上来,你有海上的珍奇太多了

迎人的编贝，嗅人的晚云
和使我不敢轻易近航的珊瑚的礁区。

显然这是一首以航海所见为喻的情诗，而安歌从《击壤歌》里和海洋有关的描述和引用里面到底看出了什么呢？她自己所写的小说中的船，海洋和灯塔又是指什么呢？不过我至少可以确定，安歌的失踪和这些看似缥缈的隐喻有关。

"还不赶快帮帮我！"穆天宁抱着一大盆半人多高的植物踉跄进门。

"什么东西！"我扔掉书跑过去把底座抱住，植物的刺二话不说把我的脸划了一道口子。

"不认识？芦荟啊。放在窗台旁边就好。"她果断撤出了手，一边拍掉手上的土一边指挥我。

"弄这一大盆芦荟干嘛？"

"房间太素净了。病房没有花是非常不合理的事情。"

"这哪是花？分明是树。"放下芦荟，我摸了摸脸，还好没有伤口不深，没有出血。然后我发现她的脸上也有好几道细微的划痕。

"你这个房间最适合芦荟了。日照又足，温度又高。护理病人容易肝火上升，吃点野生芦荟治肝火，清心热。还有你知道芦荟拉丁文里的意思是什么？"

"不知道。"我看着面前张牙舞爪的植物有点茫然。

"青春之源啊,正好我家有一盆,就给你搬来了。"

"谢谢你了。"

"不现在吃一点尝尝?"

"不用,先坐下歇会。"

"叔叔,你今天过得怎么样?我可是过了很忙的一天,又是审稿,又是开会,中途睡着,还被总编骂了一顿。"她走到床边。

"和过去一样。"我说。

她把挎包扔下,帮父亲按摩脚底。这天她换了一身白色,连包也是白色,好像身上装了一扇百叶窗,用手一拉,黑白颠倒。

"我说天宁。"我的声音像讨厌的蚊子。

"说吧,天吾。"她偏过头,手上没有停下。

"我们认识不久,你不用帮这么多的忙。"

"反正我晚上也没事,而且外婆上半年去世了,这一身手艺就借给你用了,不用过意不去,请吃火锅就行。"

"不是,我是说,你帮我,我不知道该怎么办。"

"不知道怎么办就坐在那陪我聊天,如果您老愿意抬起屁股给我倒杯水,那就更好了。"

我倒了水递给她说:"我的世界里没有女孩子,你明白我的意思吗?"

"喜欢男人?你?这么时髦?"

"也没有男人。只有我自己。我独来独往惯了,父亲我一个人也能照顾。"

她停下手看着我,我后来回想,那是种带着笑意而让人心碎的眼神,而当时我只是意识到她在认真看着我。

"不愿意和我做朋友?"

"不是这个意思。不过很难解释,所以如果这么理解能帮到你,这么理解也行。"

"你的朋友失踪之后,你就一直独来独往,我理解的对吗?"

"是。"

"一个朋友也没有?包括女朋友?"

"认识的人不少,朋友确实没有,也没有过女朋友。一直如此。"

"我走了。"她把父亲的脚放回被子里,盖好,然后拿起挎包。

走出门口之前,她回头说,"你知道吗?我应该给你一巴掌,但是叔叔会看见。所以,不要让我在街上遇到你。"

不是第一次发生这样的事情,天宁走后,我坐在沙发上说服自己,不是第一次了,睡一觉之后这种感觉就会变淡,再过一段时间就会忘记她的样子。陌生人进进出出,是我的生活中十分常见的段落,无论这一段写得多么精彩,对于故事的结尾也不会有什么决定性的影响。

第二天一早,妈妈出现之前,护士进行例行的查房。她一边把血压、心率填在本子上的表格里,一边说:"醉酒小姐走了?"

"走了。"

"吵架了?"

"谈不上。"

"想象不到她怎么能把这么一大盆芦荟搬上来。有了芦荟,房间确实不一样了。"

"我爸的状况怎么样?"

"很稳定。不知道什么原因,就是看上去好一点,你没觉得?"

"有一点吧。"

"咦,有一根黑头发。"护士指着父亲的鬓角说。

"是吗?"果然,一根全黑的头发出现在父亲的鬓角,好像白雪里的一面旗帜。

"原来就有吗?还是最近长出来的?如果是新头发,那可真够奇怪的。"

"不知道,可能是原来就有吧。"我莫衷一是。

"我做了护士这么久,什么样的病人都见过了。原来好好忽然死掉的,就要死掉没有死但是不久之后死掉的,还有以为就要死掉可是怎么也死不了的。但是像你父亲这样的,会有一天突然站起来,一个也没有遇见过。所以就算黑头发全都长了出来,你也不要想得太戏剧,明白我的意思不?"

"明白。但是黑头发总比白头发好吧。"

"那倒是。真是好大一盆芦荟。"她又看了芦荟一眼,才走出病房。

母亲来的时候,带来了不好的消息。姑姑病了,本来姑姑就要出发来看父亲的,没想到在出发之前,忽然摔倒在家里。诊断结果是脑瘤,很可能是恶性的,尺寸不大,可卡在颅内的两条重要血管之间。姑姑也昏迷了,换句话说,姑姑正以和父亲同样的形态躺在病床上,紧闭双眼,吐纳空气,生死未卜。母亲说,医院给的建议是要动一个大手术,只是姑姑的年纪大了,不知道吃不吃得消。从目前来看,手术势在必行,这样下去只有等死。

"姑姑没说什么,在昏迷之前?"

"什么也没说,只是手里拿着到这里的车票。"

"姑姑那样的人,做了一辈子护士,脑袋里长了这么一个东西,怎么会不知道?"

"嗯,毫无预兆,好像肿瘤是突然被谁放进去的。"

"我要去一趟J市。"

"你爸怎么办?"

"我这就去车站,晚上回来。不用担心,车上可以睡觉。"

因为去之前通了电话,我到的时候,表姐正举着我的名字,站在J市火车站的出站口等我。

"多久没见到你了,天吾,十年了吧。"

"那也不用举名字吧,姐。"

"怕你走丢,别看J市不大,丢了也很难办,黑车司机又多。"

中午时分的阳光很亮,但融化不了地上的黑雪。向远处望去,好像还是十年前的那座小城。一座黑色古塔的塔尖就在不远的天际里,我记得那里有个隧道,隧道的旁边是南山。

赶到医院的时候,姑姑已经给推进了手术室。

"不是还需要观察?"我问记忆里一向喜欢讲话,爱管闲事的姑父,一位退休的高中物理教师,只是过去似乎从来没跟他说过三句以上的话。一般都是"小天吾来了?"他说。"姑姑",我向姑姑走过去。

"大夫说情况有变,要马上做手术。"姑父打开走廊尽头的窗户,面对着无边无际的冷空气抽烟。

"手术需要多久?"

"不知道,时间不会太短吧,好多医生进去了。听说你爸爸也病了?"

"是,还没醒过来。情况不是很好。"

"不愧是姐弟俩啊。天吾,你说一个人怎么会说病就病了呢,我不怎么理解。"

"不要太担心,重要的是,"我也点了一支烟说,"事到如今,担心也没什么用。"

"你真是长大了啊,天吾。不去休息休息?"

"不了,我还要赶回去。今天能见到姑姑吗?"

"如果早五分钟到,就能看到她了。没关系,医生说,手术本身的危险性不大,术后肿瘤是否扩散才是问题。你先回去,过几天再过来。来得及,你姑姑还能撑得下去。况且,做完手术也要进重症监护室,我们都不能进去。"

"姑姑昏迷之前没说什么?"

"她那时身边没有人,我回家发现她倒在地上才把她送到医院。"

"那我先回去,过两天我再过来。有什么事需要我的,尽管打电话给我。"

"好,我送你。"姑父把我送到了医院门口,在我坐上另一辆三轮车之前,他忽然说:"我想起来了,她在救护车上睁开过一次眼睛,对我说:寻人启事。"

"寻人启事?只有这四个字?"

"是,只有这四个字,说完就把眼睛闭上了。我不知道是什么意思。"

"嗯,您多保重。"

果然说了什么,可是寻人启事这四个字我也完全不知道是什么意思。也许只有等她醒过来再问她了。

陪护父亲的日子时间过得很快,因为父亲稳定的像一块石头,也许他终于找到了一种适合他的存在方式,一望无际的睡眠,一旦适应之后,除了晚上在沙发上睡觉,偶尔换下尿片,给半人高的芦荟浇水,几乎没有什么需要我亲手做的事情。医生和护士也觉得这样的状况很有意思,从来没有一个昏迷的病人有这么强劲的心跳和安全的血压,褥疮也相对没那么严重,好像已经下定决心准备睡个三五十年。当然,只要医药费按时交齐,睡到世界末日他们也不会有什么意见。其间蒋不凡打来两次电话,闲聊了几句,发了发牢骚,无外乎是有几个案子,因为没有按照他的思路去侦破,结果搞砸了,然后叮嘱我不用着急回去,反正离新年已经很近了,即使回去也马上要放假,不如一直休息到春节之后。

新华书店我鼓起勇气又去了几次,没有再遇见天宁,看来她把这个书店让给我了。我时不时翻开书的版权页,在一本大多以爱情为主题的陌生作家的短篇集上,看到了责任编辑后面写着天宁的名字。那本书叫做《你若安好,便是晴天霹雳》,装帧果然不俗,只是作家的文笔差了点,让人读不下去。

转眼圣诞节到了。妈妈不知道这是个什么节日,只是告诉我街上的商家都声称在打折促销,路也堵得厉害。我没说什么,告诉她回家早点休息,不要打开电视机就舍不得关掉。然后独自坐在病房里吃我准备好的方便面,刚刚吃完,护士探头进来:"主任给我们买的蛋糕吃不吃?黑天鹅的。"

"不了，刚吃完饭。"

这时病房门又开了，不过这次是天宁走了进来。她带了两只长长的兔耳朵，脸上画了醒目的腮红，虽然还是穿了一件黑色的风衣，不过领子上围了一条鲜红大围巾。围巾之大，好像是套在胸前的另一件衣服。身上都是雪。

她把黑色挎包扔在沙发上，掸着身上的雪。

"我从怀远门的教堂赶过来的。"

"穿成这样去教堂？兔耳朵？"

"不行啊，穿成什么样并不重要。只不过人太多了，根本挤不进去，远远地看了一眼，我就走过来了。凑这份热闹真没什么意思，如果不是太无聊，我也不会去。"

"自己一个人？"

"和几个同事，无聊的人还是不少，而且总能互相找到。"

"有道理，你的腮红很特别。"

"那还用说，和兔耳朵是一套的。"

"原来是这么回事。"

"你再这么说话不咸不淡的，我就走了，走之前还要扇你一个耳光。大老远踩着雪一路走过来，脚都冻得没知觉了。"她瞪着我说。

在我不知道说点什么有味道的话的时候，护士又探头进来，说："醉酒小姐来了？"

"来了，来了，外面下了很大的雪。街上乱成一团。"

"吃点蛋糕不？黑天鹅的。"

"正好饿了，要一块。"

护士马上用一次性的碟子端了一大块蛋糕过来，上面布满了巧克力和新鲜的水果，插着一支一次性的塑料叉子。

"吃完了还有。"

窗子外面正下着大雪，天地之间除了飘舞的巨大雪花什么也看不清楚。我想起很小的时候，和父亲在老房子的院子里打雪仗，那时父亲也喝酒，不过没有后来那么凶。我们互相追逐着冲对方扔随手攥起的雪球，我不小心把一块冰丢在父亲的额头上，肿起了一个青包。父亲把我按倒在地，隔着厚厚的棉衣挠我的痒痒，我无论怎么求饶，他也不停手。然后我哇哇大哭起来，他把我抱进屋里，用一只他秋天里做的风筝把我逗笑了，那是一只火红的鸟。

"想打雪仗吗？现在。"我说。

"叔叔怎么办？"

"刚刚翻了身也换了尿片。而且我们很快就上来。"

"怕你？走。"

"等等，把你的兔耳朵摘了。"

"不，我要变成一只在雪里奔跑的兔子，谁也拦不住的那种兔子。"

快到门口的时候，我快跑几步冲进雪里面，站在风雪正中，也许是世界上所有风雪的正中央。风雪好像海浪，推着我，一浪一浪的推着我，生活本身那样推着我，有一天把我推到死亡的岸上。

"喂，可以问一个问题吗？"天宁的兔耳朵上落满了雪，脸蛋在雪中像炭火一样红。

"请问。"

"如果我现在吻你的脸，不打扰你吗？"

"不打扰吧，但是……"

"那就好了。"说完她把一颗硕大无比圆润之至的雪球扔在了我的脸上。

真正的战斗持续了将近一个小时，没有想到天宁真像是一只雪中的兔子，健步如飞。虽然一直处在逃跑的姿态，可时不时回头丢出的雪球简直弹无虚发，经常正中我的面门，打得我不知东南西北。我不气馁，缓过神来继续追上前去，手中端着一个我精心准备的大雪球，一心要用这个雪球把她打倒。其他的雪球都不算数，一个货真价实的雪球就够。如果用摄影机拍下当时的画面，很可能如同希区柯克的电影，一个巨大黑影向少女不断的靠近，少女用随手捡到的东西向黑影丢去，一边尖叫着，一边逃跑。可不知为什么，虽然看起来少女跑得很快，黑影走得很慢，可到最后黑影还是把少女抓在手里了。

"认输了吗？"我把她按在雪地里，兔耳朵早不知道掉到哪里去了，头发散在雪地上。

"不认。我自己摔倒的不算。"

"你迟早会摔倒，因为我在追你。"我把大雪球在她眼前晃了晃。

"如果我认输，能不打我吗？"

"不能，两码事，认输是为了你自己的尊严。"

"如果我吻你呢，能不打我吗？"

"不能，因为你一定又要暗算我。"

她忽然挣脱了我的手，把我抱住，没有吻我，只是牢牢地把我抱在怀里。我的额头贴着她的下巴，她的泪水流过自己的脸颊，又流过我的脸颊。眼泪好像温泉的水一样不断流下，融化着我们脸上落的雪。

"别哭了，我们回去吧。"我想要把她扶起来。

"能和我做朋友吗？"她坐在雪里，不擦眼泪。

"能。"

"不惜给我做老公那种朋友，能吗？"

"不行。"我把雪球丢在地上，自己站了起来，天宁坐在地上，正在变成一个雪人。

"为什么不行？是我太胖了，也不漂亮，还会把自己喝醉，是不是？"

"不是，你不胖，也算漂亮，喝醉我只见过一次，醉了也不是一个麻烦的人。我只是不能做你的老公，不只是你的，我不能做任何人的老公。"

"因为过去的事？"

"我们能回病房说吗？你刚刚失恋，情绪还不对头。"

"不要把我想成那么幼稚的人，好吗？不做老公可以，给我做男朋友。"

"不行,一定会分手。"

"那就分手好了,先做做看,也许我会马上讨厌你呢。"

"不行,赶快起来,这样你的腿会冻坏,我不想从明天开始还要给你换尿片。"

"我不起来。长大之后就没在雪里面待这么久了,没想到这么舒服。"

"好吧。但是也许回到病房就会分手。"

"不行,怎么也要做足一百天。"

"一百天是多久?"

"你傻了?一百天就是一百天,还能是什么别的东西?"

"好吧,一百天后一定会分手,你不觉得吃亏?"

"吃不吃亏是我的事。从现在开始你就是我的男朋友了,我理解的对吗?"

"如果你愿意的话。"

"把我的兔耳朵捡回来。"

我在雪里把已经不成形状的兔耳朵找到,上面好像还有我的脚印。她努力把它戴在头上,两只耳朵耷拉下来。

"现在背我。"

我把她背了起来,向住院处的门口走过去,真是沉的可以,如果这段路再长一点,我想我们俩会一起摔在雪地上。

"做别人的男朋友就要有男朋友的样子,或者说,要负起男朋友的责任,你明白吧。"她在我背上说。

"初来乍到,还请多多指教。"

"那现在给你提两点要求。第一,我有一个小房子,离这里不远,我要你明天就搬过来,房租我付,护理叔叔的事情我们要分担,你一天我一天,不许偷懒,也不许剥夺对方护理的权利。第二,第二是,如果我们一直没分手,我八十岁的圣诞节,要陪我去登阿尔卑斯山,那里的风雪也很厉害。"

"为什么是八十岁?"

"因为登上去,我们就不用下来了。"

走进病房之后,我把她放在沙发上,热气和寒意混在一起,身体处在古怪的兴奋之中,好像马上可以上战场厮杀到天明。天宁站起来,活动冻僵的脚,走到父亲身边。

"天吾,过来看看。我记得刚才还没有呢。"

我走过去,看见父亲的鬓角又长出了两根黑色的头发。少年一样的粗壮的黑色。窗外不知从哪里,忽然传来了清澈纯粹的钟声,那钟声在圣诞节的夜空里好像突然降临的宽恕俯视着我们。

七 桃乐丝和狄金森

找到照相馆洗出照片之后，李天吾嘴里的情人糖还没有完全融化。酸酸的糖壳里面，还有一个甜甜的巧克力夹心。为什么叫情人糖呢？是因为先酸后甜吗？那也不对，情人之间先甜后酸的倒是占大多数吧，李天吾想不出所以然。回到旅馆的路上，小久默不作声，站在捷运上，随着车厢轻轻摆动，好像摇曳的思绪一样。你怎么也变哑巴了？谢谢你救了我哥，还有，不要烦我，小久简单明快地结束了谈话。

　　各自回到房间，李天吾脱光衣服站在淋浴底下冲澡，真是丰富多彩的一天，他一面在水中用双手揉搓着自己没有伤疤的脸，一面想着卡照、壁画、阿浩，和倒扣在地上的阿嘉。他记得把那半只烧鸭带走，也没有低头看阿嘉一眼。李天吾想着阿浩看他的眼神，毫无感情色彩，只是把眼睛对着他，好像他是一个值得端瞧的盆景。如果他没有救成阿浩，或者说到最后背上也被谁插了一把刀，倒在地上一动不动,阿浩可能也不会看他一眼,提着烧鸭走掉。

敲门声。李天吾穿上浴袍,打开门,小久穿着浴袍站在门口。

"心情糟透了,淋浴还坏掉了。"

"进来吧。"

"能用一下你的淋浴吗?"

"当然。"

小久消失了,二十秒钟之后重新出现时,提了一只塑料篮子,里面装满了各式各样的润肤液,洗发水和护发素。其鲜艳的颜色把小久的脸颊映衬得更加淡薄。

"这些东西能让你心情好起来?"李天吾把小久让进房间,指着小久手中的百宝箱说。

"不会。但是如果没有,心情就会更坏。"

小久进了淋浴间,水声不久之后响起,颇有声势,小久一定是把水流调到了最大。但是只有水声,没有人声,好像巨大有力的水流把小久冲走了,或者是融化了,顺着下水道流进污水站,又流进了海里。

"小久?"

没有回答。李天吾站了起来,难道就这么在水中淡去消失了?好像面对着躺在病床上的父亲,有几次李天吾看着父亲的脸,也许他已经死了,我还不知道,李天吾觉察不出他是否还在呼吸。用手放在他的鼻子前面,哦,他还活着,以微弱的鼻息宣示着他同样微弱的存在。小久呢?

李天吾不敢打开淋浴间的门,无论她是否还站在里面,李天吾都不知道下一步该怎么办。

"小久?"他大喊了一声。

"干嘛?鬼叫什么?"小久丝毫没有淡去的声音从水的缝隙里传出来。

"如果我心情不好,洗澡的时候就唱歌。"

"什么样子的歌?"

"想到什么就唱什么。唱什么不重要,唱就好。"

"我有个绰号叫走音女王耶。"

"也不是要你开演唱会,只不过是站在淋浴底下唱歌而已。"

"我就是要像开演唱会那么唱,我现在就站在小巨蛋里面,怎样?"

"那更好,你的歌迷已经坐好了。"李天吾拍着屁股底下的床垫说。

"听不到欢呼声。"

"你怎么这么麻烦,不唱算了,反正现在不是我的心情不好。"

又是一阵子的沉默,好像小久这次真的顺着下水道消失了一样。李天吾有点后悔,看起来小久确实心情很糟,也许不该选择在这个时候和她斗嘴。他琢磨怎么能弄出一点欢呼声,欢呼声指的是尖叫吗?李天吾心想自己也许一辈子都没有尖叫过,怎么一群人聚在一起会同时向一个人尖叫呢？站在舞台上面的人不会觉得恐惧吗？在他意识到自己已经溜号的时候，小久轻声唱起来：

> somewhere over the rainbow way up high
> there's a land that I heard of once in a lullaby
> somewhere over the rainbow skies are blue
> and the dreams that you dare to dream really do come true

李天吾静静听着，虽然确实略微有些走音，可是《Over the rainbow》这首歌只要从少女口中唱出来，就似乎有着摇动人心的力量，好像从未被人类发现的绿洲里的泉水一样，冷冽地渗入心里，慢慢积成了一潭温暖的湖泊。即使前面强弱分明，副歌也有高亢之处，总体上还是如同摇篮曲一般使人舒适。

"你觉得你是哪一个？"水声停了，小久问，应该在把自己擦干。

"我是那个李天吾。"

"您的大名还用得着说？我是说你是《绿野仙踪》里面的哪一个？"

"不知道，里面没有警察吧。你是哪一个？没有心脏的铁皮人？"

"他们四个都是我。"小久擦着头发走出来。

"你还真够贪心。"

"不是贪心,是我缺少的东西太多。不过,唱完歌心情果然好多了。打断手骨颠倒勇,小久我又可以上路了。"

坐在李天吾身边的小久,几乎和白色的浴袍融为一体。

"能坦诚地说点什么吗?不斗嘴那种。"李天吾看着小久的头发说。头发也在淡去,水珠附着在上面,好像冬天窗户上的水汽。

"说吧,不斗嘴可以,但是对于显而易见的谬误我不保证不会反驳。"

"我承认你拥有的东西不多,甚至可以说,少得可怜。可是并不意味着你缺少很多东西。"

"没有拥有和缺少有什么区别?"

"这么说吧,虽说和同龄人相比你的处境并不算幸运,但是你干得不赖。"

"什么叫干得不赖?"

"干得不赖就是干得不赖,没法进一步解释。"

"小吾,你也是个不赖的人。"

"不用这样。"

"不是那种礼尚往来的夸奖,是确实想告诉你,你是个幽默的人。"

"幽默?从来没有人这么说我。"

"确实幽默,不是叽里呱啦舌灿生花的那种。幽默是种态度,不是姿态,不是很容易具备。"

"也许是来了台湾之后，有点改变吧，教堂也找不到，很多事情无能为力，和你斗嘴成了很大的乐趣。"

"问你，我这两天消失的很厉害是吧？"

"是。很厉害。我不知道明天你还会不会出现，就是这种速度。"

"放心，我明天还会出现的，至少还会坚持一天，因为我还有一天的事情没有做完，你的教堂也没有帮你找到，我不会就这么走掉的。"

"今天拿枪指着人，也没有教堂的下落。"

"现在它不但是你的教堂，也是我的教堂了。我觉得它一定存在，只是我们没有以正确的方式找它。对了，你觉得我是你的向导吗？"

"早说过是不是都不要紧了。"

"不想知道了吗？现在？"

"不用知道了，其实也可以这么讲，你就是我的向导。"

"我就是你的向导，嗯，这句话还算像话。"小久把浴袍的带子打了一个漂亮的蝴蝶结。

"明白。向导小姐，明天我们去哪里？"

"明天啊，"小久想了想，"明天我们去找一个瓶子，人民警察先生。"她抬起头之后说。

小久走后，李天吾没有马上睡着。他打开窗子，点燃了一颗长寿烟，一边小心地吸着一边想着在降落之前，在那扇旋转门里面，老板对他说的话：那是一座教堂。教堂？他问。是教堂。台北最高的建筑，一座宏伟的哥特式教堂。还有什么？我是说，还能给点再多的描述吗？没有了，就是这些，足够你把它找到了。里面呢？教堂的里面是什么样子？壁画，穹顶之类的？里面？老板好像有些茫然，他摸了摸自己稀疏的头发，里面我也不清楚，或者说，没有里面这回事。什么意思？李天吾有点生气，既然让他去找，就该多少做点力所能及的事情，里面我也不清楚算什么意思？他说。我确实不知道里面的事情，有多少排椅子，或者一把椅子也没有，也许有米开朗基罗画的穹顶，就是把他脖子画歪掉的那种，也许根本就没有穹顶壁画，而是一个吊灯，总之你只需要知道，那是台北最高的教堂就好了，其他的我没法告诉给你，因为我也没有看见。你没进去过？你不是无所不在吗，如果你想的话？那倒是，但是没有进去过，我进不去。也有你无法进去的地方？有的，很多，但是也许你可以进去。出发吧，无论怎样，我现在就开始计时了。

李天吾翻了个身，洁白的寝具摩擦着他的身体，惬意而孤独。小久身上的暗号他确实不想知道，或者说还是不知道为好。他发现小久在他心里渐渐近似了妹妹的角色。以他这个年纪，在内地出生的人大多不会有妹妹，通常是作为家里面唯一的孩子长大。而目前这个生命的加时赛里，一个妹妹降临在他的身边，让他相信，即使现在老板就把他召唤回去,他也可以安慰自己至少不虚此行。只是这个妹妹就要消失不见,作为哥哥的自己也要再次死去,虽然有些可惜,毕竟没能度过作为兄妹的一生,可也算是曾经团聚,并且共同走过了十分有趣的旅程。目前看来,无论是谁先消失或者谁先死掉,另一个人都会在身旁,即使是现实中的兄妹,面对人生的终局也不一定会相伴在一起,换句话说,短暂是短暂了些,可是麻雀虽小五脏俱全,没什么可以遗憾。

第二天早上九点半,李天吾和小久已经站在了西门町电影街上的一家二轮戏院门前。戏院还没有开门,步行街上也没什么人。李天吾手插在兜里,看着面前这条有着浓厚日本建筑风格的街道,看着一张张巨大的电影海报,心想,似乎很久没去看电影了,可转念一想,好像一个星期之前刚刚和天宁在家附近的影院看过。是老电影的放映周,五十块钱可以看三部早期的黑白片。他们两个看了费穆的《小城之春》,小津安二郎的《东京物语》,和黑泽明的《七武士》。也许是题材的关系,天宁在看前两部电影的时候都呼呼大睡,其架势好像唯有播放黑白片的电影院才是睡个好觉的不二场所,只有在放《七武士》的时候醒转过来,看得十分投入。每到有菊千代的镜头就拉着天吾哈哈大笑,我喜欢这个日本鬼子,她说。那时候还不叫日本鬼子,还有请你安静一点,虽然电影院里只有我们两个,至少要对黑泽大师尊重一些。你喜欢七个中的哪一个？天宁的音量还是没有变小。久藏。就知道一定是他，呆头呆脑的侠客才合你的胃口。

如果能有时间看一部电影就好了，在台湾看一部台湾的国片。

"早上好啊，启荣。"售票口的帘子拉开，一个十八九岁的男孩儿刚刚换好衣服坐在里面，打开麦克风，小久就把脑袋伸过去和人家打招呼。

"哎呀，小久姐，说过找不到了嘛，你不要再来啦，被老板看到会炒我鱿鱼。"看起来以小久的问候作为崭新一天的开始，对于启荣并不是第一次了。

"一定在的，你有没有再认真找找看？"

"有啦，把房间都翻过来了，好像FBI来过一样，找不到了啦。"

"有没有人特别拿给你看过，然后你放在哪个抽屉里，你再想想看。"

"根本没有拿出来过，你找到我之前，我根本不知道有这个东西。拜托不要再来问我，一个月来了十几次，就算老板没有发现，女朋友知道了也会搞死我。如果想要把我，等我下班之后好不好，公平竞争。"

"小久姐不会把你啦，这样，让我去你家里找找看，好不好？"

"越来越过分了，还要去家里，不怕我妈把你打出去？"

"不怕，今天带了保镖来，告诉你，天吾在台中可是混的很屌的，绰号大陆仔。去你家看看，无论找不找得到，然后再也不来了，这样总可以吧？"

启荣看了看李天吾，对着麦克风说："先生，麻烦你过来一下。"

"什么事？"天吾走到窗口。

"你和小久很熟的哈？"

"算熟。"

"也认识她哥？"

"阿浩？看起来很斯文的人。"

"那个，去我家找过，保证不会再来吧。"

"如果小久这么说过，就不会再去了。"

"信你啦。午休的时候带你们去。"

"还要等到午休？"小久叫起来。

"当然，你想整个上午没人卖票，然后几百个人排着队去投诉我啊，那就不是炒我鱿鱼那么简单啦。对啦，小久姐，怎么感觉你整个人好飘，也不能算飘，应该说是好像有一团蒸汽在你人的前面，也许是我眼睛的问题啦，最近总是这样，看到些乱七八糟的东西，说不定哪天就会像《花田少年史》里的花田一路一样能看到鬼啦。小久姐，去别处逛逛吧，十二点下班就带你们去，不会食言的，在这里等着让我怎么工作嘛。"

"给我两张票好啦。"

"看电影就对啦,我怎么没有想到,看完一部片我刚好午休。请问你们要看哪部片?"

小久对李天吾说:"天吾哥,你决定吧。"

"我决定?我们今天不是应该很忙的,看电影会不会太奢侈了一点?"

"没关系,一件事一件事做,来得及的,《圣经》上不是讲,生也有时,死也有时,万汇万物自有其时。不用太赶。现在我们要做的事情就是等启荣午休。况且你好不容易来一次,带你看部国片也是理所应当的事情。"

天吾抬头看了看提示板上的电影场次,上午的时间只开放四个影厅,一个在放尔冬升导演的《大魔术师》,一个在放钮承泽导演的《LOVE》,一个在办金马奖导演张作骥的电影展,放《忠仔》《黑暗之光》《美丽时光》和《当爱来的时候》,一个在办杨德昌电影的纪念展,一张票可以看两部杨德昌生前拍好的电影。

"杨德昌吧。"

"你确定吗,天吾哥,《LOVE》最近超夯欸。"启荣说。

"杨德昌吧。"天吾说

"看哪两部?"

"《一一》和《牯岭街》。"

"麻烦您,三百六十块。天吾哥,电影院里不允许照相,知道吧。"

"喜欢杨德昌？"小久捧着一大桶爆米花，另一只手插进爆米花里面。

"你在干嘛？"

"在找最好吃的那颗。"

"作怪。"

"你还没回答我，喜欢杨德昌？"小久找到了最好吃的那一颗，放进了嘴里，又开始找余下里面最好吃的一颗。

"喜欢。但只喜欢这两部。"

"不要怪我没有提醒你，两部没办法全都看完，《牯岭街》一部就将近四个钟头。"

"知道，无所谓的。"天吾随便拿了一颗爆米花放进嘴里。

"你抢到了最好吃的那颗！"小久又叫起来。

电影厅里空空荡荡，只有小久和天吾两个人，不过两人还是按照票根上的位置坐好。灯光暗下，《一一》两个大字升起，底下是一行英文小字：A ONE AND A TWO. 那几颗绿树随着风再次在银幕上不自主但是自在的摆动起来。

"去启荣家找瓶子？"天吾略微侧着头小声问。

"是。"

"什么样的瓶子？"

"你好烦啊，是来看电影还是聊天嘛。"

"两样一起做也没什么难的。作为警察，去搜查之前如果不知道要找的是什么,岂不让人笑话。而且,你觉得是你自己找容易找得到,还是你和一个警察一起找容易找得到?"

"应该是个漂流瓶。"小久的声音低了两度,从"咪"到了"哆"。

"里面有信那种?"

"不知道里面是信还是别的什么,但应该是个漂流瓶没错。"

"怎么这么含糊?"

"因为我没有见过。"

"没有见过怎么找?"

"和你的教堂一样!"小久生气地抓了一大把爆米花塞进嘴里。声音回到了"咪"。

"这倒不假,确实很像。但是这个瓶子的意义何在?不会是想和瓶子照相吧。"

"当然要先照相。"

"然后呢?"

"丢回海里。"

"有趣,说说瓶子的来历。"

"不想讲。"

"好吧。"李天吾把脑袋放回原来的位置,继续看电影。

你为什么不开窗子啊,你为什么不开窗子啊,过了一会小燕跌倒在阿弟脚边喊着。

"你为什么不哭?我每次看到这里都要哭。"小久说。

"你今天不是也没哭?"

"因为我长大了。"

"我早就长大了。"

"长大就不会哭了吗?如果我像你一样活到三十岁,就根本不会哭了是吗?"

"不是吧,你是女生,女生应该会一直哭到八十岁。"

"男生呢?如果男生能活到三十岁?"

"因人而异吧。我之所以不哭,一则是因为我是警察,喜欢哭鼻子的人当警察可够辛苦,每天见到值得痛哭的事情数不胜数,二则,我是东北人,满人的后代。祖上骑马打猎,生活的地方也是天寒地冻,如果一边骑马一边流眼泪,恐怕脸上要结冰。"

"如果启恩活到三十岁,我想他也不会哭,他从十六岁开始就是硬汉了。"

"口气不小。瓶子的主人?"

"应该说,是其中一个主人。"

"哦,有趣。"再等等,李天吾说完之后心想。

没过多久,绰号胖子的男生刚刚杀死莉莉的英语老师,而婆婆的葬礼还没有开始,小久开口了。

"那天放学,我骑单车回家,突然一个男生从旁边骑过去,回头说:骑这么慢,骑到家的时候头发都白了,女生真是不配骑单车。然后猛蹬了几下,远远的骑到前头去了。那人穿着我们高中的制服,但是我没有见过他。我不说话,努力骑上去,其实我知道自己无论如何也骑不快的,破烂心脏摆在那里,但是他说什么女生不配云云,实在让人火大。他看我在后面追他,就故意放慢速度,让我追上他的车尾,拉开一个车身的距离,回头继续说:想怎样?和我飙车吗?我不说话,因为确实气息不够,只要一讲话速度就会慢下一大截。我知道他是存心戏弄我,不过那是他的事情,我竭尽全力就好。他接着说:飙车可是要赌才有意思,玩吗?我说:玩,赌命的,敢吗?说完我发狠蹬了几下,然后眼前一黑,失去了知觉。当然,命没有输给他,在医院里躺了两周,被父母,医生通通骂了一顿,我只是说自己不小心,想要早点回家,骑得快了些,没想到心脏会受不了。那人倒好,把我送到医院,等到我脱离危险之后,就走掉了,连个对不起都没说。你说哪有这样冷血的人?"

"回到学校之后,日子还是老样子。原来他比我高一年,教室和我在同一层,在走廊的另一个尽头。知道归知道,因为见过了就知道对方的样子,但是我没想过去他班级里找他理论,就算我死了,从法律上讲他也不用负多少责任,送我到医院的也还是他,在我心里已经扯平了。没过几天,他经过我的班级。没事啦?他看见我在依着栏杆发呆说。没事。所以你上次是装死的。是,我说。你这是什么态度?我不理他,转身走进教室。有女生看见我和他讲话,就跟我八卦他。这个人在学校有点名气,会打几手篮球，就是不到一米八〇的个子，可以跳起来灌篮那种。外省人的孩子，父亲在内地做生意，妈妈守着个大房子，像小孩子一样长不大的那种妈妈。那次和我飙车，是在去别的学校打架的路上，把我送到医院之后，他又骑车去打架了，这是我后来知道的。总之之后课间他走过我的教室，有时候和女朋友一起，不同的女朋友啦，会探头和我说话。哎，晚上还赌不赌单车？几点，哪里？我想好再告诉你，他说，然后就和女朋友一起消失了。每次都这样，每次我都会回答：几点，哪里。我不怕他的。有一天晚上，我自己在教室里K书，其实K的不是教科书啦，是一本诗集。他从窗子旁边走过去看到我，推开门进了教室，制服上好多血，但是他看起来并没有受伤。这么用功？关你什么事？赌不赌单车？几点，哪里？现在，上次地方。我把诗集放在书包里，背起来走出去。不怕死吗？他走在后面说。关你什么事？除了这一句，能不能讲点别的。那是我的事。走到篮球场他停了下来，说：不如我们赌点别的。我说：赌什么？他说，赌篮球。我说：输了怎么办？他说：当然是去死啊。我说：好，怎么玩？他回到教室取了一个篮球，让我站在罚球线上，说：投十个球，只要能投进一个就算你赢，一个都进不了，你就输了，公平吧。我说：公平。我从来没有玩过篮球，没想到篮球这么重，我的手这么小，别说是投进那个小小的篮筐里，就是扔到那个篮筐附近都好像是不可能的事情。他就站在篮球架底下抽烟，帮我捡球。第八个了,他说,然后把球轻轻从地上弹给我。我极其厌烦他抽烟看我的样子,好像我是个布袋戏里面的玩偶还是什么的。于是我闭上眼睛,用尽力气朝他的脸扔过去,心想就算输了,也要把他嘴巴上的烟打下来。结果那个球竟然从指尖滑出去,飞进了篮筐里。"

"你赢了?"李天吾听得兴趣盎然。

"当然,球进了嘛,虽然根本不是冲着篮筐丢的,但是还是进了嘛。"

"如果你输了呢,你会去死吗?"

"不知道,也许会吧。不然说话不是和放屁一样。"

"有道理。之后呢?"

"之后他拍着手说,厉害厉害,竟然给你丢进了一个。我叫吴启恩,知道是哪三个字吧,你最先想到的三个字就对了。我说,知道了,吴启恩。他说,知道了就好,愿赌服输,我这就死给你看。然后跑出校门,站在马路旁边,一辆开得很快的小卡车经过,司机应该是在讲手机还是什么的。他突然跳到车的前面,那个运将赶忙猛踩刹车,停在了他膝盖前面,差一点就把他撞飞出去。司机跳下车看了看,把他劈头盖脸骂一顿,又反复问他有没有事,看他浑身是血,问他用不用去医院,他只是笑嘻嘻地看司机瞎忙,不回答。司机看他确实没受什么伤,摇摇头上车开走了。

"这次不算数,他回头说。我说,算数。其实我已经吓得出了一身汗，站在路边发抖。一人一次，谁也不欠谁了，我说。欠，他说，我欠你一条命，谁让我输了，随时可以给你。我说，不要，谁稀罕你那条烂命，自己留着。说完我向公车站走，一边走一边哭，不知道为什么忽然哭了起来。他从后面追上来说，去哪里，我载你好了。我说，不用，坐公车就好。他说：那我陪你坐公车。我说：我要去坐捷运。他说：那我陪你坐捷运。我说：你到底要干嘛？他说：没要干嘛，聊聊天可以吗？我说：不想聊，去找你的女朋友聊，我要回家。他说：那我陪你等车好啦，车来我就走。我心想，那就等着好啦，反正台北的公车间隔很短，很快就会有公车来。他说：你有没有那种感觉？我不说话。他继续说：就是想杀了谁那种感觉。你应该不会有。我有，我想杀了我妈。我说：不要。他说：什么不要？我说：当儿子的不能杀妈妈，作为人也不能杀别人。他说：那是因为你没有遇到你想杀的人。我想杀了我妈，还没想到用什么方式，但是一定要她死。我说：你为什么那么恨她？她对你不好？他说：她对我很好，我想要什么她就给我什么，球鞋，摩托车，PSP，但是那也不行，远远不够，我最想要的她给不了我。我说：你最想要什么？他说：我只是想要她老实一点，像个妈妈一样。我说：老实一点是什么意思？这时我等的那辆公车来了，但我没有上去。他说：就是老老实实的意思。我明白了一点他的意思，所以我不知道该说什么才好。他说：今天我中午回到家拿便当，真想踢开门,把她杀了,但是我还没准备好,我就去别的学校打了一架。我说:你真的很幼稚。他说:如果你是我,你怎么办呢?我说:因为我不是你,所以这个'如果'没有意义,但是我告诉你,我不会像你这么做。他说:不会像我这么做,这个回答是不是太省力了一点?说说你会怎么做。我说:做自己就好,大人的事情让大人们去解决。他说:那不是普通的大人,是对我们最重要的大人,对他们,我们就没有一点责任?我说:如果有责任的话,也不是去毁灭,而是去创造。他说:什么叫不是毁灭,而是去创造?我说:我也不知道自己在说什么,不过没差了,你说话算不算数?他说:当然,你可以去问问,我吴启恩什么时候说话不算。我说:如果我没记错的话,一个叫吴启恩的欠我一条命。他说:你没记错,有这回事。不过刚才你已经把它还给我了。我说:我现在正式告诉你,吴启恩,我改主意了,现在重新主张对你这条命的权利。我不允许你用这条命去做这么过分的事情,你把这条命留着,我随时可能向你要。当然如果你想反悔的话,也随你,我们也不是很熟,你的事情说穿了只是你自己的事情。他说:我没有要反悔,只是,关于我到底欠了你多少的问题,还应该再商量一下。我说:改天商量,我现在对你的要求就是这些,清楚吗,要不要我再讲给你一遍?他说:倒不用。不过你好像还没弄清楚状况……公车又来了,没等他说完我就上了车,我偷偷回头看了他一眼,他没在看我,在低头想着什么事情。只要有困惑，我的目的就达到了，我在车上想。"

"第二天我没有见到他，走廊上，篮球场，都没看见他在。我也不知道怎么回事，在这些地方散步一样的走了一遍，我不知道自己是不是在找他。说实话，没有看到他我有点担心，不知道是不是真的发生了什么事。过了一个上午，我还是心神不宁，我会想起他浑身是血站在卡车司机面前的样子，微笑着，满不在乎，那对我来说是极其可怕的场景，一个人怎么能那样对待自己，对待别人？我左思右想，还是决定去他的班里找他。吴启恩在吗？启恩？今天没来耶。知道为什么没有来吗？听说是被人打得很惨，不过没关系啦，启恩是不死鸟，用不了多久就又会出现啦，找他有什么事吗，学妹？那个戴眼镜的男生用一种'没错，喜欢他的女孩子都是这副魂不守舍的样子就对了'的眼神看着我。没事，他欠我点东西，我怕他跑掉不还了。我说。

"过了两天，他果然出现了，脸上还有尚未痊愈的伤痕，这次他写了一张纸条给我：放学之后公车站，有事找你商量。我去了公车站，他骑着一台云豹150在那里等我，斜背着书包，不过没有穿校服，而是换了一件黑色的紧身T-SHIRT，短发上也抹了发胶。找我什么事？我想了一下，你说得有道理，我确实欠你一条命，不过不代表什么事情都要听你的，我有我的自由。那叫什么欠我？我说。欠你的意思是我会留着这条命给你，换句话说就是，如果有一天死了,只能是为你而死,其他的方式都算我说话不算,不过除了这件事,其他的时候我这条命还要归自己支配。我说,可以,但是请你有点把握,轻拿轻放,生命是易碎品,你知道的吧,我不想你交货的时候是一地的碎片。放心,一定让你收到完整的包裹,也许比现在还要完整,这样行吧。行,那我回去了。等等,上面讲的需要一个前提。怎么还需要前提?任何承诺都需要前提,没有前提的承诺都是骗人的。什么前提?前提就是,你一直在乎我欠你的东西,如果有一天你不在乎了,承诺就失效了。好,如果我不在乎了,我会告诉你,到时候你愿意拿它做什么都行。他点点头,说,我晚上去和人飙车,真的飙车哦,你去不去?他从后座上拿起一个安全帽递给我。不去,我说,我要回家温书。我需要一个人坐在我后面,不能帮我一个忙?不能,去找别人吧,你一定找得到。温书有这么重要?对于我来说很重要。能知道是什么书吗?离联考还很远吧你。我犹豫了一下,说,和联考没什么关系的,一本诗集。哦,有机会借给我看看。再说,我说。他带上安全帽骑着摩托车走了。

"然后发生了很古怪的事情。他和所有女朋友都断绝了关系,有的还去他的班级大闹了一场,不过丝毫没有改变他的决定。他还是打架,打篮球,飙车,听说飙车的时候只有他的后座上没有女生。一天他又写纸条给我:那部诗集能不能借给我看看?我回了一张纸条说:在我书桌上,自己来拿。在课间的时候他径直走进来把那本诗集拿走了，没有和任何人讲话。弄得大家都惊异地看着我。"

"能问一下那是一本什么诗集？"李天吾问。

"艾米莉·狄金森的诗。"

"没有读过。"

"我曾感受到某些事物的失去，自有自觉以来，到底是什么被剥夺我不知道，太年幼了没人会怀疑。有一哀悼者游走孩童间，我前行依然，如人悲叹一个王国，自身即是唯一遭流放的王子。我最喜欢的一首诗。"

"听起来不错，但是不懂。"

"我也不懂，但是喜欢。不知道她在说什么，只是觉得她说得很对。"

"启恩看了吗？"

"不知道，过了几天他走进来把书还给了我，还是没有讲话。几个月之后，他就要毕业了，我要升入高三。我要去美国了，或者留在台湾，还没有想好。他在公车站对我说。不会忘记你欠我的东西吧。不会，我走之前能陪我出去走走吗？去哪里？福隆海水浴场，去看看大海。不能。为什么不能？不想去而已。那个暑假，我和过去一样，一直窝在家里。一天晚上我已经睡了，他用手机打到我家里。'能听到大海的声音吗？'电话那头确实有海浪的声音，好像一个低音合唱团在给他做讲话的背景。'你在哪里？怎么会知道我的电话？''很容易问到。我在福隆海水浴场啊，过几天我就要走了。''这么晚打电话给我就是要让我听大海的声音？''不觉得很好听？''不觉得，很无聊的声音，我要回去睡觉了。''等等，我在这里捡到了一支瓶子。''瓶子？什么样子的瓶子？''很简单的那种，细口的透明玻璃瓶，木头塞子，可以看见里面有一封信。''信上写了什么吗？''还没有拿出来，我想送给你，你拿出来看就知道了。''还是自己留着吧，很有趣的经历。''请你收下好吗？我现在就给你送去，在公车站等我。''这么晚已经没有公车了啊。''在公车站等我，我很快就可以过去。'

"我穿好衣服叫了计程车，去公车站等他。一直等到第二天天亮，他也没有出现。他忘记了这件事情，和另一个人飙车飙到天亮。我再也没和他讲过话，无论他怎么试图解释那天发生的事。后来他死了，在他就要离开台湾的时候。他闯了一个红灯，在十字路口被一辆丰田吉普车撞上，从摩托车上摔了下来，安全帽扣在后座上。脑袋撞在地面，颅骨碎成了七八块，当场死了。因为当时有另一辆开得很快的摩托车在他前面也闯了过去，有人认为他是在和那人飙车，不是约好的那种，而是仅仅在路上遇到，互相交换了眼神，就开始决一胜负那种。可是我一直怀疑这件事，他怎么会输呢？那个十字路口就在我家的楼下面。"

说完这些，小久开始专注地吃手中爆米花，《一一》已经结束，演职人员的名字从银幕底下的黑暗里滚动上来。李天吾觉得讲故事的小久变成了另一人，好像趴在绿叶上的蚕，原本是很可爱的景象，然后蚕把绿叶一点一点吃掉，绿色没有了，剩下蚕自己抱着叶子剩下的梗。

"都怪你，电影完全没有看耶。"最后一排字幕滚过之后，小久说。

"不算可惜，电影是别人的故事，你有你的故事。"

"可是，我的故事很狗血啊。"

"不觉得啊，人的故事流淌的是人的血啊，很好的故事。"

"哎，你要不要讲一下你的故事，关于那个很重要很特别的人，就是你给弄丢了的那个。作为补偿，可以当你的听众的。"

"不用啦，你这几句话已经把我的故事概括了。"李天吾看了看表，"而且时间也不允许。吴启恩算不算对你很重要很特别的人？"

"我不知道。他在我心里就好像一个陶瓷娃娃。"

"陶瓷娃娃？"

"是陶瓷娃娃。漂漂亮亮摆在那里，但是如果不小心掉在地上，即使没有碎掉，也会有裂痕。"

"这个比喻有趣。所以你想把他黏起来。"

"其实也没有这么想，因为我也是陶瓷娃娃，我也有裂痕，虽然没有想去杀了谁，但是心里也不是没有问题的。在我告诉他，不能杀人，人不应该有这种念头去杀另一个人或者要把自己的命好好保留着，其实也是对我自己说的，他给了我一个机会黏合我自己,应该可以这么讲。"

"然后他爱上了你,爱上了用自己的方式弥合裂痕的女孩子。"

"不知道他怎么想,那天晚上他没有来,我感觉不到那是种什么样的感觉。也许是面对孤独的一种方式也未可知。"

"这不是爱的定义吗?从宏观上说。"

"我觉得不是,在我看来爱应该是更深刻的东西,或者是更琐碎的东西,也许我还没有想得很明白,不过我觉得如果一个人能真心爱另一个人,那他就应该爱这个世界,或者说两个人相爱,是爱这个世界的一种比喻,你懂我的意思吗?"

"所以你不认为他爱你,你也不爱他。"

"我只是需要时间去学习啊。我站在公车站等他的时候,其实我在想,也许下次可以坐在他的摩托车后面陪他去飙车,或者如果他能接受不走太远的话,陪他在台北市里面走走,如果他以后去了美国,我可以写信给他,寄些书给他看,我就是想着这些等到天亮的。虽然面对世界,他的方式相当偏执,可是他的身上有一种勇敢,不是那种盲目的血性,而是看到了世界并不完美,而希望用自己的方式使它变得完美的那种勇敢,如果我能改变他的话,如果我能把他内心里的火焰变成河流的话,也许许多事情都会因此改变。"

"可惜他死了。"

"人都会死，只是他死得早了点，很多的可能性也随之死去了，不只是他的，还有我的。"

"瓶子也丢了。"

"是，真该死啊，瓶子怎么能不见了？他放在哪里了呢？"

"会不会摔碎了？"

"也许吧，但是还是要去找一找。越说越气，这个人真够讨厌。"小久站起来说，"人已经死了，却还留下个秘密烦我。"

在去启荣家的路上，小久告诉天吾，在启恩死前，他的父母已经离婚，很平静地分了手，两人在两个儿子的未来事宜上达成了一致，先送年满十八岁的启恩出国读书，等启荣十八岁之后，也以同样的方式送他出国，最好能和哥哥会合。可是启荣虽然看起来懵懵懂懂，在学校里也不像哥哥那么出名，其内心的叛逆成分一点不比启恩少，只是用一种更为内敛的方式表现出来，即在高二的时候果断结束了自己的学业，到电影院当了一名售票员。他热爱着电影，希望将来能成为一名电影导演，在路上他滔滔不绝地向天吾，这个安静的听众讲述着自己的电影梦。

没人在家。启荣的房间也许是典型的台湾宅男的房间，就是那种任何一个宅男搬进来都可以马上无碍的生活那种房间。APPLE的笔记本电脑放在书桌上，没有关闭，上面浮动着缺角的苹果。衣物随处乱丢，被子也呈现出有人刚刚在里面做梦的模样。四壁都是书，整齐完全谈不上，只是书本身四四方方，相当规矩，再怎么乱摆也自有其沉思冷静的容貌。"果然不是骗人，只是这里看起来无论什么时候都像是 FBI 来过一样。"李天吾心想。走近启荣的书桌，他看见在电脑旁边摆着巴赞的《电影是什么》，书页敞开着，用红色和黄色的荧光笔做了很多记号。挨着巴赞的是一本崭新的董启章的《天工开物》，看起来还没有翻看过，塑封没有撕开。除了这两本书，书桌上堆了好多电影 DVD 碟片，还有一部 NIKON FM2 底片相机。书桌上方的镜子上贴着许多黄色便利贴，大多字迹潦草，贴的也全然随意，中间和四角都有，也许主人贴上他们的时候连头都没有抬起来。一张上面写着：任何一把剃刀都自有其哲学。另一张上面写着：叔叔，这是甜甜乐团的第三首歌，很酷吧，希望全中国的农民们都会喜欢。还有一张字迹全然不同，更加小巧胆怯，与其说是汉字，不如说是汉字模样的漫画，上面写着：谢谢你收留我。记住，只是路过，没理由再来。替我谢谢伯母的甜汤，真的很赞。小猫。小猫是天吾自己的翻译，因为落款的位置画的是一张小猫的脸。

"启恩大部分的东西都被我妈捐出去了，你知道吧，她后来信了佛的。"启荣一边把地上杂七杂八的东西捡起来一边说。这点李天吾看得出来，门外贴着红纸黑字：巧智妙心。客厅里摆着不小的佛龛。

"你的意思是说，启恩刚刚去世几个月，大部分东西都已经没有了。"小久说。

"不能说是没有了，只是在别人手里。剩下的部分在那里。"启荣指着墙角的一个 NIKE 运动包，包呈长方形，应该是启恩生前用来装篮球装备的东西。

小久蹲下把包打开，里面放着一双旧的 JORDAN 牌篮球鞋，一只 SPALDING 篮球，一件黑色的 T 恤衫，一顶安全头盔和一串樟木的佛珠。

"T 恤和安全帽是出事那天的东西，衣服上的血我妈洗了好多次才洗干净了。佛珠是她放进去的。"

"夹层里面呢？"

"什么也没有，我找过好多次了啦。"

"能不能去启恩的房间看一下？"夹层里面果然空空如也。

"他的房间已经搬空了，门锁着，钥匙在我妈手里。"

小久看了李天吾一眼。

"也许可以试试打开，如果启荣不介意的话。"李天吾说。

"不要把锁弄坏，我妈如果知道我偷偷把启恩的房间打开了，我就死定了，佛祖也保佑不了我了。"

"应该不会，借你的回纹针用用。"

卧室这样的门，对于李天吾来说毫无挑战性，如果有开卧室门锁的比赛，李天吾自信可以在五分钟内开它十几扇。只是对于一个内地刑警来说，打开一个台湾十八岁男孩死去之后留下的房间有种格外奇异的感觉，尤其是咔嚓一声解决门锁的瞬间。好像有一个声音说，可算有人来了，到底是多愚钝的一个人啊。

  一个空房间。只有暗红色的地板，连床也没有，窗帘拉着，房间里昏暗无比，李天吾忽然没来由的想起了四句诗：大梦谁先觉，平生我自知。草堂春睡足，窗外日迟迟。站在身边的启荣看着空荡荡的房间说：奇怪，怎么搞的？眼泪从他的眼眶里流出来，他用手去抹，怎么也抹不干净。怎么搞的，你死的时候我都没有哭啊，老是揍我。现在怎样，床都没有了吧。小久没有哭，而是一个人走到房间中央，环顾四周，启恩，她轻声说。没有人回答她。你送我的礼物放在哪里啦？没有人回答她。时间紧迫，快点拿出来。没有人回答她。也许真的不在这里，李天吾走到她身边说。在这里，天吾你相信吗，刚才我好像听见他跟我说，赌不赌一下，就在这个房间里，但是你找不到耶。李天吾蹲下敲了敲地板，显然底下是空的，传来龙骨的回音，不过不可能放得下一个瓶子。不是要掀开地板吧？启荣终于擦干了眼泪说。不用，埋不进这里，李天吾站了起来，他拉开了窗帘，午后的阳光温和地洒进来，台北的天空中没有一朵云，好像平静的海面。这时三个人同时发现，在宽阔的窗台上，摆着一株半人高的芦荟，长势正好，刺清晰地向四面八方伸开，旁若无人，似乎在专心与阳光交谈。

怎么会有这个东西?启荣惊讶地说。原来没有的吗?没有吧,我记得启恩最讨厌植物了,因为会生小虫子,两年前我养了一盆昙花,就在要开花的那天晚上,你知道我的 CAMERA 都准备好了的,结果还没开出来就被他一脚踢了个稀巴烂。不过,启荣想了想说,也说不准耶,他死之前的一个月,变得很古怪,其实古怪这个词不准确啦,应该说变得很温顺,他从来不会主动和妈讲话的,有一天竟然和妈聊了聊爸,不过不像儿子啦,倒像是个妈好久不见的老朋友似的,也许是那段时间我不在的时候,他搬进来的,可是为什么是芦荟啊,看起来又蠢又丑的东西。应该是芦荟,李天吾说。为什么?启荣问。不为什么,我也有一棵芦荟,李天吾说。

小久来到芦荟近前,端详了半天,说:小吾,你刚才说什么?刚才?是刚才的刚才你说什么,在你检查地板的时候。我说埋不进地板里面。为什么埋不进去?因为底下是水泥,不是土,李天吾说。可是,小久指着芦荟的盆,这里有土啊。

瓶子斜着埋在土里,不知道启恩发现它的时候,它是不是就以这样的姿态搁浅在沙滩上。瓶子的形状和小久描述的一样,只是李天吾看上去,觉得更像是常见的汽水瓶或者白酒瓶,标签没有了,剩下干干净净的瓶子本身。里面躺着一张纸,圆筒状,用黑色皮线系着,防止在瓶子里面散开。意外的是,在瓶子旁边,更靠近芦荟白绿相间的根部,还埋着一张纸,没有东西包裹,叠成四方的形状插在土里,若不是小久眼尖,李天吾还以为那白色的一角是块小石头。纸的右上角有年月日星期的字样,中间有暗红色的格子,不过日期那里是空的,应该是从笔记本上随手撕下来的一张纸。看纸的样子和埋的位置,是在瓶子之前埋进去的。格子上面写了几句话,字很大,虽然不是很漂亮,但是力道十足,好像要把纸给戳穿一样。小久拿在手里,念了出来。

"希望"是带有羽毛之物
栖息灵魂之中
唱着无词的曲调
永不息止
其歌声在暴风中倍感绝妙
必是莫大的暴风雨
才能使小鸟局促不安
她让许多人心中有温暖

下面已经没有字了,可是小久没有停下来,她把头抬起来,看着窗户外面说:

我曾在最寒冷的国土
和最陌生的海上听见

> 但她纵使在最艰困时
> 也不向我讨一片碎屑。

"一首诗？"李天吾问。

小久没有回答，亲手把土重新盖好。李天吾把启荣推到小久身边。

"干嘛啊，天吾哥？"

"当然是给你们照张相啊。一二三，茄子。"李天吾手中的相机因为背光的关系，闪光灯忽的弹起。

"CHEERS。"启荣听话地说。

八　存档－4　老板本人

那个小胡子把手台递给蒋不凡说：大哥，说你们跟丢了，停车吃个饭，一小时之后回去，说得不对你就死了，受累。蒋不凡接过手台一字不差地说了，"收到，蒋哥也有跟丢的时候，回来再议吧。"蒋不凡没有再回答，把手台挂上了。"进屋吧。"小胡子说。

屋里面还有劈柴和油毡纸的味道。房子收拾得很干净，墙角好像用湿抹布擦过，炕柜上的玻璃映出清晰的人影。桌子上的饭菜热气腾腾。蒋不凡自己脱鞋上了炕，我也照办。火烧得太旺了，炕上有点烫人，我只好蹲在饭桌旁边，女人从旁边拽过来一只枕头放在我屁股底下。"大哥，有什么想说的？说吧，听说你是这里最好的警察。"小胡子说。"饿了。""吃，没什么太好的东西，都是家常菜，但是大辉做饭我们都挺爱吃。""你们也吃。""我们也吃。"大辉去厨房又拿了三双碗筷，然后八个人挤在一起，准备吃饭。我的右手边坐着穿蓝棉袄的大辉，头发油腻，身上有种馊味儿,因为桌上没了地方,他把饭碗拿在手里,左手边本来是蒋不凡,不过那个南方女人坐在了我们中间,我和蒋不凡之间好像突然隔了整个南方疆土。"等一下,两位先把枪拿出来。"小胡子一边接过我们的饭碗帮我们盛饭,一边说。和他长得一样的那人把我们的枪收走之后,又搜了一遍我们的身上。"干净了。""好。吃吧。"

蒋不凡越过两道炒菜,从酸菜汤里夹了一片五花肉放进嘴里,吃得很专心。我没什么心情吃饭,端着饭碗不知道该吃什么,旁边的女人用胳膊顶了顶我说:我要是你,我就吃点东西。我喝了口汤,味道果然不错,和天宁的做法不同,肉应该是炒过再下进汤里的,汤有烧糊的葱花香味。"那就吃好了。"我在心里说。毫无疑问,我们是中了埋伏,好像鲁迅写的雪天捕鸟的场景,我和蒋不凡走进了竹筛底下,他们远远把细绳一拉,那根棍子就倒了。同样毫无疑问的是,他们不会放我们走了,我们好像朋友一样紧挨着吃饭,没有人蒙面,也没有人在意我们是警察这回事,这种平静意味着他们早已经想好怎么处置我们两个。那为什么不吃饭呢?总得找点事情做,才能使自己能够冷静下来思考。因为人多菜少,我把自己喜欢的几个菜夹了许多盖在饭上面,躲着大辉和女人的胳膊,大口吃起来。

"我叫王显,这是我弟弟王尹。大辉你跟了这么长时间已经认识了,这是爱军,这是爱民,也是兄弟俩,只是长得不像。坐在你旁边的是我的爱人小米。""小米是第一次听说，别的知道。"蒋不凡看起来吃饱了，把筷子放在桌子上说。"你是蒋不凡，你是李天吾，师徒俩。"小胡子还没吃好，用筷子分别指着我们。"亦师亦友吧，这么说好点。""说的是。"又吃了几分钟，桌子上的菜基本上都吃完了，王显在汤里捞了半天，捞到一块碎肉吃了，然后也把筷子放在桌子上。"我们无冤无仇。"他然后说。"看怎么说。""私人层面上。""那可以这么说。""但是如果我们落在你们手上，得怎么说？""按照现行法律，你们基本上都活不了，尤其是主犯。""是这个意思。但是现在你们在我们手上。""你们可以自首，是个好机会。"蒋不凡平静地说。"如果自首，我们能活吗？"王显没有笑，很认真地问。"恐怕不能，至少主犯不能，你们干了什么事自己清楚。""就是因为清楚，你亲自来了，我们也没法自首，人都得向前看。""前面什么也没有，对于你来说。""有，我看见很多东西，我倒觉得你的前面什么也没有了。""你能睡得着觉吗？这么多年，不做梦？""你呢，能睡得着？""沾枕头就着。""那为什么我睡不着呢？我的蒋哥啊。"

入夜的时候，气温骤降，窗户上上了霜。大辉把桌上的剩菜收拾了，相类的几样倒进一个盘子里，拿进厨房，然后带上帽子说：老二，走吧。王尹从炕上下去，从门后面拿起两把铁锹，带上手套和大辉一起走了出去。王显也带上手套，从炕头拿起我和蒋不凡的枪，递给爱军一把，两人熟练地退掉弹夹，检查妥当之后，又把弹夹推上，在手里拿着。爱民打开炕柜，从里面拖出一个大塑料桶。我闻到了汽油味，是汽油没错。"如果吃饱了的话，我们得走了。"王显用枪指着我们说。

沿着矮房后面的小路，我们走了大约二十分钟。爱军拿着手电筒走在斜前方，余光一直瞄着我们，王显和小米走在后面，不用回头就知道他袖子里的枪一直端着。走过一条废弃的火车道，又穿过一片玉米地，玉米早已被收割而去，地上只有残叶。天空一直飘着小雪，似乎准备这么飘一整夜，没有停下来的意思。终于来到了一汪水潭旁边，水潭随着寒风上下浮动，好像一颗黑黝黝的心脏。旁边立着一个铁牌子，上面写着：水深三米，禁止野浴。浴字的三点水已经脱落，剩下单单一个"谷"字。四周没有一棵树，全是齐膝的杂草，除了近前的手电筒，没有一点亮光。沿着水潭又走了大约半圈，看见了大辉和王尹，两人正在用铁锹挖坑，看样子是要挖一个大坑，不是两个小的。站下之后，我发现自己的脚边有一摊灰烬和一把生锈的铁质炉钩子，上面都已经落了一层雪，应该是有人下午过来烧些冥币寄给去世的亲人，为什么会到这个水潭边烧呢？也许是纪念一个曾经淹死在这里的孩子吧。

"还需要多久？"王显问。"十五分钟吧。""你们去帮帮忙。"王显用枪向坑里面指了指。"没有铁锹。"蒋不凡说。"知道，用手。"我和蒋不凡跳进去，用手帮着把坑挖深，土质很软，而且有很多蚯蚓，手插进去，经常不小心把蚯蚓斩成两半，半截的蚯蚓随后各自逃去。挖坑的时候，我发现刚才在脚边的那把铁钩掉进了坑里，应该我和蒋不凡跳进来的时候，不小心踢到了它。小米一直把手插在白色夹克的兜里，站在坑边看着我们，一言不发，好像一个买票进场的观众。"差不多了。"过了一会王显说，然后从怀里掏出了一条尼龙绳，两头系着疙瘩。"最后能给颗烟抽吗？"蒋不凡说。"不能了。"王显用毫无感情色彩的声调说，把绳子递给爱军。爱军跳进了洞里，向我们走了过来。蒋不凡用眼睛看了一眼坑里的铁钩，又看了一眼小米。我马上明白了他的意思，其实就在那一瞬间我是准备扑向王显的，即使死，也不能给勒死或者活埋，让枪打死似乎更体面一些。我挨过枪子儿，没什么大不了的，如果有人发现我们的尸体，也能多些证据。我向坑边挪了半步，目测距离刚刚够，说："王显，能告诉我们是谁想让我们死吗？""不能，但是可以告诉你，没人让你死，如果你今天不来，你就能继续活着。爱军，利索点吧。"其实他话还没说完，我已经突然伸手拽住了小米的脚，把她猛的拉进了坑里，同时蒋不凡弯腰捡起了铁钩，小米的肩膀刚一着地，铁钩的尖头已经逼到了她的眼睛上。眼珠和睫毛之间。爱军手里的枪也紧接着顶上了我的脑袋。

"你没有回答他的话。"蒋不凡的声音一直没改变。

"什么？"王显举着枪，但是我看不出他在指着谁。

"你没有回答天吾的话。"

"你知道你在这里得罪了很多人,其中一个想让你死。知道是谁有多大的意义?"

"是我们自己的人?还是外人?这个能说吗?"

"不能,接了这个活的时候就讲好了,不能说。你就是现在杀了小米,我也不能说。但是,"他还是那么的沉静,说:"别的可以谈。"

"让我们走。"

"不能,你走我们六个人全没有命,换你你会答应吗?我只能保证,让你们没有痛苦,我们麻烦一点没关系。"他扔了一颗烟到蒋不凡脚边,蒋不凡没有捡。

这时我看见远处升起了火光,应该是爱民已经把王辉的家点着了。

"而且,你今天不死,明天也会死,不但是你,你的家人也会死。放弃吧,蒋哥,没什么意思了。"

我明白,王显这句话不是将来时,而是现在时,蒋夫人现在还活着的几率已经很小了,很可能是车祸还是什么,如果蒋不凡有孩子,现在也已经死了。这是真正的清除,把和蒋不凡有着深切联系的东西从世界上抹掉。

王显的手电筒照着蒋不凡的脸,我看见他的脸正在扭曲变形,手中的铁钩好像要被捏直了一样。三五秒钟之后,他的脸恢复到了原来的形状,他好像迅速的苍老了,细雪落在他的脸上,没有一片在融化。

"把杀我妻子的人找来,换你的妻子。"

"不可能。不管你信不信,我根本不认识那一伙人。"王显蹲在坑边。"蒋哥,你我都是这坑里的小蚯蚓,你懂吗?"

不短的沉默,蒋不凡从胸腔中排出长长的一口气,这口气缓慢无声地四散,似乎吹动了潭水。然后他说:"把枪扔过来。再讨价还价这女的马上死,我现在什么也不怕了。"

王显把枪扔到蒋不凡脚边,蒋不凡蹲下摸起枪,用枪顶住小米的太阳穴,扔掉了铁钩。

"既然如此,看来怎么谈也没用了。"蒋不凡说。

"蒋哥,你明白了。"

"你总得答应我一点事,总得拿什么东西把你妻子换回去,你答应,我就把枪放下。"

"什么事儿?"

"让天吾走。"

"蒋不凡!"我喊了一声。

"你给我闭嘴!"他马上杀死了我的话。

"不可能。他是警察,既然入了这个局,就不能活着离开这儿,我知道他什么也不知道,但是他现在和你是一样的,没区别。"

"让他走,给你十秒钟考虑,当然主动权在你手里,十秒钟之后如果你还没答应我或者还没想好,我就开枪,我唯一能做的就是这个了。十,九,八,……"

"把他放进水里。"小米忽然说,极其平静,好像在描述一道汤菜的做法。

"五,四,三……"

"好,我答应你,让他走。方式我们定,让他这么走出去是不可能的,我们可以把他放进水里。"王显说。

"这是一潭死水,他怎么能跑得了?"蒋不凡的食指已经搭在扳机上。

"这不是死水,底下有暗流,顺着暗流游,从西面那个土丘底下游过去,另一边有一个更大的水潭。我没骗你,我和大辉小时候还去那个水潭钓过鱼。"

"距离多远?"

"大概两千米,他游到了,我们的事也解决完了。"

"会游泳吗,天吾?"

"我不能走,而且你不会这么傻吧,一旦把我放进水里,你扔掉枪,他们就会杀了你,然后在两边的水潭等我。"

"我要和他交代点事情。"

王显示意爱军拿开顶在我头上的枪。

蒋不凡在我耳边说:"下水之后你就拼命游,我会再拖一阵,但是拖不了多久。如果你能活下来,把我和我老婆葬在一起,墓地我去年买好了,你能查到,记住把她葬在树下,我在她南边,不要搞错了。照顾好你妈和你的小朋友,不要再当警察了,去找个学校接着念念书。现在闭嘴。"

然后他抬起头来说:"就这么办吧,他下水五分钟之后,我就扔下枪,说话算话。"

"好,大辉,老二,把他放进去。"

两人扳住我的胳膊把我往水潭边拖,我呼喊着,把所有知道的脏话全骂了个遍,我骂蒋不凡,骂王显,骂公安局长,骂我自己。在黑暗中我知道怎么骂也没有用处,黑暗不会褪去一点点,不过我还是要骂,因为其他的什么也做不了。

"嘴堵上。"王显说。

大辉伸手堵住了我的嘴。他的手里早就准备好一条手帕,背对着蒋不凡用手指捅进了我的嘴里,然后用手捂住。嘴刚刚被堵上,两人就悄悄把我两个手腕拧断了,然后扳住我的膝盖后面把我抬起来,荡秋千一样的扔进了水潭里。

潭水像背叛一样冰冷,迅速浸湿了我的棉服,我的身体。手腕断了,没法从嘴里面把手帕拿出来,也不能张开手指划水,尽管我的双脚拼命踩水,身体还是不停向下沉。在下沉的过程中,我看见了王显口中的那个洞口,真有那么一个洞口,而且刚刚可以容一个人进去,只是距离我太远了,我游不过去,终于那个洞口也看不见了,我的脚碰到了潭底的淤泥,然后双膝跪在了淤泥里。这时我似乎听见上面传来了枪声,沉闷的两声。我最后的记忆是排出了肺子里的那口空气,呛进了无穷无尽的水,脑袋也跌进淤泥里。然后我看见了安歌还是十八岁的样子,她背着书包走远,书包在她背后一颠一颠,如同背影里难以忽略的悲伤;我看见天宁穿了一袭黑衣,低着头也向远处走去,手里拿着不知道是哪里的地图,边走边时不时的把头上的兔耳朵立起来。我看见母亲坐在父亲的病床边给他梳头发,父亲的头发黝黑发亮,母亲则白发苍苍的帮他梳着黑头发,一言不发,好像在凝神听着什么。我看见姑姑从床上坐起来,说,我的寻人启事怎么样了?然后又倒下睡着了,身边没有一个人。我把两只断手伸向他们,他们没有看见,走远的走远,梳头的梳头,睡觉的睡觉,我只好用手抱住自己,好像所有潭水的重量都压在了我的身上,然后失去了所有意识。

我是被摇篮曲叫醒的。睁开眼睛的时候,发现眼睛正对着太阳,揉了揉眼睛,原来果真是艳阳高照,晴空万里,好一个空荡荡的天空。低头一看,自己穿着笔挺的警服夏装,皮鞋擦得锃亮。伸手去摸,枪和手铐都在皮带上。而我自己,正躺在一艘小木船上。

"醒了?"我坐起来,看见船的另一头坐着一个光着膀子的老汉,正用双手划桨。说是老汉其实有点屈就,准确的说,应该是老的不成样子,脸上的皱纹密密麻麻,让人有种想用手帮他抹平的冲动。只是上身肌肉着实健壮,且是古铜色,如果把脸拿走,完全可以做时尚杂志的封面。

跟我讲话之前,他正扯着嗓子唱歌:月儿明风儿静,树叶儿遮窗棂啊,蛐蛐儿叫铮铮,好比那琴弦儿声啊。

"醒了。你怎么会唱这首歌?"

"这首歌怎么啦?会唱不行啊?"嗓音是个老汉没错,可是语气怎么这么奇怪,好像一个小孩子。

"当然可以,只是我好像在哪里听过。"

"你当然听过,要不然我唱个什么劲儿啊。奇怪啊奇怪,按道理说,你不应该醒的啊,怎么会醒过来呢?"他说着,两手还在用力地摇桨。

"你唱那么大声,谁都会醒的。"

"不对不对,糊涂了,糊涂了。"

"这是哪里?你总知道吧。我记得我被扔进一个水潭……"

"净说没用的话,你被扔进水潭还是从三十层楼上摔下去,或者让雷劈在脑袋瓜上都不重要,现在重要的是,你怎么会醒过来的。"

"既然已经醒了,那就告诉我现在在哪,我还得赶回去救人。"

"你这个人真是不开窍。你的事情已经完结了,明白了吗?虽然你醒过来这件事很棘手,但是我敢打保票你回不去了。这里嘛,说是河也行,说是海也行,概括来说,可以叫做水上。"我才感到船的速度相当可怕,简直像是坐在火车上一样。

"完结了？这么说来，我是死了吗？"

"还算不笨，但是这就是棘手之处，如果你没醒过来，我应该把你送到对岸，大头冲下种在土里，我的任务就算完事，你也省时省力没有烦恼。现在呢？真是给人添麻烦啊，我要查一下手册才能知道。"

老汉放开了双桨，船的速度随之慢了下来，他开始在船的各个角落找他的手册。"好久好久不用了，丢是不可能的，只要慢慢找就好了。"我举目四望，真是一片大水啊，水是无限的，也是透明的，只是无限的透明深处什么也看不到，真是奇妙的大水，我忽然想起来十几岁的时候在南湖公园看天的感受，就跟看这大水的感受是一样。没有其他的船，也没有岛屿礁石，只有水、天、船，和船上的我们。

"这不就找着了。"老汉手里拿着一本手掌大的小册子，厚度相当可以，几乎是个正方形。

船已经停了下来，他用手翻着，皱着眉，不知道到底翻了多久，确实不知道，因为我好像突然丧失了对于时间的感觉。翻了五分钟还是翻了二十天，我也说不清楚。

"是了。"他叫了一声，把小册子丢在船底，两手抓起桨。

"有办法了？"

"不算办法，照章办事而已。这就把你送到老板那里。真是给人添麻烦。"他摇着头，船又像火车一样开动起来了。

在那天出事之前,也就是我休完了长假,正式归队的时候,父亲还没有醒。如果说他这个人躺在床上的两个月有什么变化,就是胖了,脸上也有了光泽,因为酗酒而松垮下来的肌肉重新变得结实紧绷,最令人无法理解的是,头发一点一点全都变黑了,且发丝十分粗壮,远远看去好像一个三十来岁的年轻人在不知道是谁的病床上打盹。医生和护士每天都来,有时候除了例行的查房,还要再来个两三次,躺在那里的父亲似乎不再是一个普通的病人,而成了医生和护士们心里的某种神龛,或者从现实主义层面上讲,某种支撑力。每当有什么他们无能为力的事,本来好好的病人突然以无法阻挡的势头死了,或者遇到了无论怎么选择也难以使病人善终的病状使他们陷入了两难的境地,他们就走进父亲的病房,虽然给人的感觉是碰巧经过,进来看看也无妨的样子,但是我清楚地知道他们是来汲取能量的。虽说如此,父亲还是没有一点醒过来的征兆,照了无数次脑部CT,血管也确实让血块压坏了,无法复原,没人能解释在脑袋报废的情况下,他为什么会出现这样的状况。"这就是我说的科学的极限。"医生说,"没人能预料到会出现这样的事情,之前也没有出现过。以现在的情况看,你父亲一年以内不会有什么危险,还是那句话,这只是科学提供的一种可能。"于是在和母亲商量之后,我回去工作,晚上和天宁换班睡在父亲的病房里,只有周末的时候我们白天过来,母亲照顾晚上。

周末的晚上就成了天宁最珍贵的时间,要在家里做饭吃,然后逛街,看电影,给结婚的朋友买礼物,剪头发,约作家喝咖啡,凡此种种,我都要陪同。一旦我露出消极的表情,天宁就说:你是什么意思?做我几个月的男朋友吃了天大的亏是不是?不是,我说,只是和作家聊天我实在吃不消。也不用你说什么话,你喝你的咖啡,吃你的黑森林就好,委屈什么?你说得对,我确实可以不讲话,低头吃吃喝喝,但是还是会听见你们聊天,实在是折磨。她拍拍我的脸,讨厌作家还是讨厌我?当然不是讨厌你,一起看电影逛街不是好好的。那就是讨厌作家了?不是讨厌,只是不是一种人,坐在一起很别扭。而且一个外人坐在旁边,还是和文学离了十万八千里的警察,作家们也会觉得别扭吧。说吧,你。说什么?我莫名其妙。说说你为什么讨厌他们,对了,不是讨厌,是为什么会觉得别扭?知道不说实话的下场吧,她拧了一把我的胳膊。他们不相信文学,我只好说,因为你的关系我见到的所谓作家里,无论名气大小,我觉得他们并不相信文学。

截止到我出事那天,和天宁交往了七十几天。原本我是没有吃早饭的习惯的,据我妈说,我小时候只要一吃早饭,一天就会拉三次屎,不吃的话,一天一次,正常人怎么能够一天拉三次屎呢?那肚子里还有什么?所以我就戒掉了早饭,一直到三十岁,一天两顿饭,一天一次屎。和天宁住在一起之后，无论如何必须吃早饭，不吃就又哭又闹，钻进被子里面不出来，就算我住在父亲的病房，她也要做好早饭用保温桶送来，把筷子递给我：吃吧，今天是鸡蛋糕、拌西芹和小米粥。我接过筷子，说：委实吃不下，容我休息一会，胃还没醒。想等我走了，把饭送到阿姨那去，是不是？不是，一会肯定会吃到肚子里，现在吃了会吐，胃给我的命令是怎么进来怎么出去。这时护士走进来，给父亲测体温：小伙子今天好像又年轻了一点。不知道从什么时候，父亲在医生和护士里面有了"小伙子"这个外号，真是让人窘迫。是吗，体温怎么样？我想趁机转移视线。体温当然没问题，比我还要正常，简直就是实打实的正常体温。天宁插进来说：护士姐姐你说，一个人不吃早饭是不是很危险的事情？护士愣了一下说：危险倒谈不上，但是时间久了会有问题。天宁说：这就是了，你看护士姐姐都说，一个人不吃早饭，时间久了会死。护士吓了一跳说：哪会死的？顶多比常人多一点得肾结石的可能。天宁说：就是这个意思了，肾结石久了，肾就会衰竭，肾衰竭人体内的毒素就排不出去，人体内的毒素排不出去自己就会中毒，你知道我们每天吃下多少毒物吗？五毒教教主也没有我们多，这些毒物就靠两个肾勤勤恳恳毫无怨言地排出去，如果有一天你的劳模肾脏失灵了，你想想你会不会很快全身乌青，七窍流血死掉？而这样的下场只是因为你不吃早饭的缘故。护士姐姐，你说我说的有没有道理？护士低头看了看我面前打开的保温桶说：很有道理，不吃早饭一定是这样的下场，原来我在肾脏内科，有一个病人就是这么死的。说完冲天宁笑了笑，出去了。自从吃早饭之后，我还是每天上一次大号，没有像小时候那样把肚子拉空，而且每次都十分顺利，身体渐渐比原来壮了一圈，很多原来的衣服都瘦了，穿在身上有点喘不过气来，裤腰带也向后移了两格，只是脸和原来一样瘦削，也许我这样的人胖过了所有地方之后才会胖脸。那次中了李德全的五子崩，得以活下来，医生说：多亏年轻啊，流了那么多血还有口气在。而我常以为是吃了早饭的缘故，当然，这是毫无依据的胡猜，有极大的迷信的成分。

有一天姑父忽然打了电话过来，"姑姑没事吧。"我有些惶恐。"没事没事，手术之后一直睡觉，和原来一样。""大夫怎么说？""大夫说，肿瘤已经处理干净，按道理应该两三天就会醒过来，可是现在明明已经睡了一个月了，这些大夫啊，没办法。""一次也没有醒？""一次也没有，打电话就是想问问你父亲怎么样了，我好说给你姑姑听听。""不是没醒？""那也可能听见啊，我的意思是万一能听见，如果我们什么也不说，她不是错过了很多东西？""父亲很平稳，而且，不知道该怎么说，虽然不醒，可是看起来比原来还要健康，也许是因为再也没法喝酒了吧，头发一根一根变黑了，现在一根白头发也没有。也许这么说比较容易理解，如果他现在忽然从床上跳下来，跑出医院去买酒,我可能一点不会意外。当然是从外表看起来。""真是姐弟俩啊,你姑姑头发也全黑了。""全黑了?""全黑了,好像夜里趁我们不注意,偷偷跑出去焗了头又跑回来躺下一样。容貌似乎也正在年轻,有几次我恍惚间觉得,她是快成了我刚刚认识她的样子,一个干练的女护士,讲起话来砌扯咔嚓,如果不按她的要求做,她就要跟你讲一长串的大道理。那年我突发心肌梗,差点死了,那些学生啊,很难对付,每天喊着要去串联,不让去就拿皮带上的铜扣敲你的脑袋。四十年前过去了,还会梦见皮带敲脑袋的情形。""姑父?""什么?""还没想到寻人启事是什么意思?""我想到几种可能,可能她在哪里看到了一则寻人启事,某个人正在找她,或者她登了一则寻人启事去找某个人,想提醒我们不要把这件事忘了。不过,按道理说,这两件事情如果她知道,我也应该知道的,她这么多年一直做的事,没有我在后面,恐怕很难一直做下去。""比如,资助我读书。""是一件,有时也给孤儿院寄钱,或者下班到家,突然抱回来一只流浪狗。总之,这么多年这样的事情很多,也没什么大不了的,做了就做了,我们也没有破产,儿女也顺利长大了,虽然没什么大成就,比如你表姐,四十岁了还是社会里面普通的一员,不过至少还算是个正直的人吧。""是。这就已经很好了。寻人启事这件事,你说有没有可能她是在找我的爷爷?""我也曾经怀疑是这么回事,不过你想,我已经七十岁了,你爷爷要多大年纪了?

很可能已经不在人世。况且,这件事情十几年前你姑姑和我,虽然没有登什么寻人启事,但是也通过有关部门辗转找过,答复是查无此人。兵荒马乱啊,又不是什么大官,掉进水里淹死或者登船的时候被后面想要上去的人开枪打死,都有可能。""我现在手头压了很多案子,休了那么长的假,欠了局里很多事情没做,等这段时间过去,我就去看姑姑,给她讲讲我这边的事情。""如果交了女朋友就带女朋友一起过来。交了吗?""交是交了一个……""那就带来。上了年纪之后,越来越喜欢看见晚辈交女朋友,结婚,生小孩儿,如果说活着还有什么意义的话,就是能有机会看见这些。说到这儿吧。"然后挂断了电话。

船向着某个方向疾驰前行,太阳一直在我们头上,似乎永远不会落下。老汉沉默不语,摇着桨,好像还在生我突然醒过来的气。四周的大水依然广阔无垠,我猜如果当真有孤独这种东西,那就是这艘小船的样子。不知道过了多久,我听见了钟声,"虽然很久没来,方向看来还是没错。"如果不是老汉这么自言自语了一句,我会以为那钟声是我漂流太久产生的幻觉。又过了不知道多久,我看见远方的海天一线上,升起了一座大石屋,钟声也更加真切,应该就是从那石屋中传出来的。沉重地响了六下之后,周遭又恢复了平静。"那是什么东西?教堂?"我忍不住问。"教堂是什么东西?""我也没有进去过,从书上看,应该是供奉上帝的地方。""上帝是?"老汉认真地问,看来我们的世界确实非常不同。"应该是造物主吧,说要有光,就有了光那个人。""完全不明白你的话。我只知道,老板住在那里,手册上说,你这种麻烦的人要送到那里去。至于那个房子,我叫它办公室。""办公室?""原来一度我们叫它大书房,不知道从什么时候开始,都叫办公室了,我就也跟着叫,反正叫什么都是那个东西,叫厕所也行,我是这么觉得。"说到这里,我们已经到了"办公室"的底下,我才知道这东西果然叫什么都可以,因为完全不可能弄混,它太高,从底下向上看,根本看不到尖顶的尽头。尖顶的底下有个足球场一般大的钟盘,怪不得钟声能传那么远。钟盘的底下是无数的浮雕,因为已经到了近前,看不到全貌,不过还是可以看出刻的有动物也有人,数量众多,相当壮观。面前是两扇巨大的石门。石门的一部分在水里,露出的一部分已经远远大过我所见过的任何建筑,公安局的办公楼和石门比起来只能算是一个小孩子用积木堆起来的玩具屋。整个建筑都是用黑色石头建造,以我粗浅的土木知识看不出是哪种石头。不可思议,这个庞然大物怎么会建在水里,石门的大部分应该还在水下,那房子里面岂不是早给淹得乱七八糟?

"还在等什么?要赖在我这条船上?"老汉已经松开桨,双手抱在裸露的前胸看着我。

"没有没有。只是要进到那个大房子里,是不是需要有踏板或者有小船过来接驳,还有出于礼貌,我们是不是要敲一下门还是有门铃可以按?"

"看来你明摆着是跟我过不去,老板已经知道我们来了,敲门干嘛?你还真把自己当个人物啊,跟你说清楚,没有小船也没有踏板,赶快给我自己走过去,我还要回去继续干活,老板眼睛里面可不揉沙子,偷懒的人要关禁闭的。"

"走过去?到处都是水啊,我没看错的话,这里不是浅滩,是水的中央吧。"

"是水的中央。那和你走过去有什么关系?再啰嗦别怪我不客气,一桨把你打下水。"老汉伸手把一只桨拿在手里,看他的肌肉就知道,一桨打在脑袋上掉下水不说,非得把脑袋打成烂西瓜不可。

"从水上走过去?"

"还不快走?"

于是我咬了咬牙,从船上爬下来,准备好以自由泳的方式游到石门那里。没想到我并没有浸入水里,而是站在了水面上面。原来真是可以用来行走的水,我快步向石门走过去。走了几步,知道真的没有可能掉进水里了,我回头向正在把船调头的老汉喊道:能不能告诉我你唱的那首摇篮曲和我有什么关系,好像听过,怎么想也想不起来了。

"不是因为讨厌你就不告诉你,我确实不知道,让我唱就唱了。去问老板。还有,刚才只是吓吓你,不会打你,不会因为这个就动手打人,无论怎么说你也是很特别的一个。如果你不是这么啰嗦,有一个人说说话也不错,明白吧。"

"明白了,那再会。"我站在水上朝他挥手。

他头也不回把船开走了。

我用手摸了摸石门,是真的石门,确实是我认为叫做石头那种东西造的。不可能推开的,我试着敲了敲,声音小得连我自己都听不清楚。"你是谁?我来了,不要浪费我的时间。"我冲着门缝大声喊道,其实根本没有缝隙,两扇石门贴得紧紧的。实在太傲慢了,我心想。蒋不凡那边生死悬于一线,我在这里不知道度过了多长的时间,但是我非得回去不可,就算剩下的只是他的尸体,我也得挖出来,帮他和蒋夫人葬在一起,无论现在我是死还是没死,他确实试图用自己的命救我一命的。还有那些杀人的人,绝不能就这么放过。我掏出手枪,冲天空放了一枪,枪声在水面上荡去,消失,石门还是紧紧关闭着,老汉不是说叫老板的那个人知道我们来了?我用力朝门上踹了一脚,当然毫无反应,我又朝另一扇门踹了一脚,忽的一下,那扇门以极快的速度旋转起来,我的脚还没有放下,眼前一黑,人已经被旋转的石门转进了房子里面。等我再次睁眼,只见一个秃顶的中年人正坐在一张桌子后面看书。一间不大的房间,只是格调甚为诡异,除了一张桌子两把椅子和四面白墙之外,什么也没有,不知道主人是要搬走还是才刚刚搬进来。更为奇怪的是,虽然没有窗子,可房间里十分明亮，头上也没有任何光源。回头去找那扇石门，哪有石门？身后只有一个普通的红色木头门，上面一个镀金的狮子头把手。搞什么名堂？魔术师的把戏？或者当真有什么神力？那又怎样？道理还讲不讲？我把枪放回腰上，走到那个中年人面前。他穿着对襟的灰色毛衣，带着风格简约的皮带手表，时不时用手把头上仅有的十几根头发横向抹平。

"打扰一下，请问你就是老板还是秘书什么的，这里是不是你说的算？"

"这里只有我一个人。"中年人把书放下，抬头看我。东方男性的面孔。

"那你就是老板了。我要回去，情况紧急，如果你有那种力量，请让我回到那个水潭边上，水潭的位置就在……"

中年人摆摆手，说："你的手腕好了？"

他不说我都忘记了，是啊，手腕怎么突然好了，应该在船上的时候就好了，完全没有使用的障碍，所以都没觉得手腕已经复原了。

"好了。怎么回事到底？"

"首先很明显的一点，你已经脱离了你的世界，进入到另一个世界里。这点你感觉得到吧。"

"是，我们那个世界无论如何不能在水上行走的，如果连水这东西都是彻底的两码事，那确实是个完全不同的世界。"

"所以,你可以想一下,两个如此不同的世界,不是说回去就能回去的,很麻烦。"

"自从我到了这里,听到最多的就是麻烦两个字。"

"确实。因为你醒过来了。这样的事情很久没有发生了,上次发生的时候可能我还没有搬到这里办公。你这样的人我们叫做觉醒者。说太多你也不明白,看样子只是个普通人,意思大概就是既然你苏醒了,你就有机会去做一件事情,这点事情对你对我都有意义。"

说太多你也不明白,看样子只是个普通人,这叫什么话,和小时候老师教训成绩不好的孩子有什么分别?这基本上是我最讨厌面对的一种语气。自以为掌握真理的优胜者姿态。

"我现在想回去,能做到吗,或者需要我做什么,别绕弯子了。"

"你的使命只对你,对我有意义。"

"能少说点废话吗?你说的使命,如果完成需要多久?"

"在你们的世界里,几天时间。"

"那不行,我得马上回去。这就得出发,不是小事,是去救人。"

"我知道。不过以你的世界,现在的时间点来看,蒋不凡已经死了。眉心和心脏各中了一枪,埋在了土里。别说你根本没可能回去,就是能够回去也救不了他了。"他严肃地盯着我的眼睛。

"我凭什么相信你?"基本上,这是非常苍白的诘问。我有种预感,他虽然傲慢,可是确实掌握着很多真相。

他把手里的书向我摇了摇,说:"碰见你这样的笨人没有办法,给你念念。真不知道为什么你会醒过来。公元2012年4月28日15时18分,蒋不凡的妻子廖卓美死亡,地点是S市和平区一栋正在装修的五楼民宅内,方式是被绳子勒住喉咙窒息而死。同日的15时25分,绰号白头真名叫做唐文革的中年男子,在秦皇岛一家舞厅被人用钢锥刺死。15时32分,唐文革的妻子龚晓丹在秦皇岛的一家超市门前被吉普车撞死,同时被撞死的还有准备和她一起去超市的十二岁女儿唐若琳。18时43分,蒋不凡被自己的手枪近距离射中头部和心脏死亡。这些人都已经在对岸了。按道理说,18时46分,你应该在S市铁西区郊外的一个水潭中溺死,可是你现在站在这里,成了一名觉醒者。情况就是这样,相信了吗?如果还不相信,我宁愿把你打晕,送到对岸埋在土里,也不用你去完成使命了,这样的脑袋只会把事情搞砸。"他把书合上放在一边,靠在椅子上说。

唐若琳?十二岁的小姑娘?我给起的新名字?我感到窒息,喉咙好像让硬物卡住了。

"坐吧,我们来商量一下使命的事情。"中年人指了指书桌前面的椅子。

"如果我完成了那个使命,这一切能不发生吗?"我坐下来,身上没有一点力气。

"你的使命和他们的命运之间没有任何联系,他们已经到了对岸,谁也不可能再把他们拔出来,送回去。你的使命只对你,对我有意义,已经说了第三遍,还没懂?"

"你是上帝吗?万能的神?"我突然说。

"这个嘛,很难讲。上帝是你们造出的词,意义也是你们赋予的,从职能上讲我和他有些相似之处,也有极大的区别。不过对于你来说,应该叫我老板更恰当一点,以目前来看。"

"我问你,如果你的职能和上帝有相似之处,那你为什么要他们死,好,就算蒋不凡他们有罪,就算他们的妻子也是同谋,那小孩子有什么过错,为什么要她死?"

"你看你,还冲我发起火来了。"

"我还没发完,如果你不回答我,无论你说的使命对我意义多大,我也恕难从命,赶紧给我送到对岸埋起来。还有,不要跟我摆什么老板的臭架子,我还没答应你,你对于我来说什么也不是。不知道你知不知道我们有句话叫光脚的不怕穿鞋的,翻译给你,意思是我已经没什么可以再失去的了,我也就没什么可怕的了,懂了吗?"

"我就说觉醒者一定有什么特别的地方。好久没有被人骂。你说的确实有点道理。那从现在开始,我们是一样的地位,来谈一下我们的合同,这样行吗,李天吾先生?"

"合同的事情请放在一边,先回答我的问题。"

"一个人是否会死,什么时候死,为什么而死,这些其实和我没有关系。真的不是推脱责任,而是确实不在我的控制范围。这么说给你,也许你能更容易理解,我制定了一套规则,这套规则十分复杂,也因为复杂才有趣,比如任何一个物体在不受外力或受平衡力的作用时,总是保持静止状态或匀速直线运动状态,直到有作用在它上面的外力迫使它改变这种状态为止。比如人都会死,没人可以永生,可是因为人可以活着的时候制造无数的信息,他的生命从某种程度上说随着信息在人间扩散、流传,人也可以繁殖,精子和卵子相互捕获产生了新的生命,从这个层面上讲,人又是不死的。我只是随口举了两个例子,更多的规则你们发现了不少,也正在继续发现,但是我只是一个规则制定者,依靠规则生活的是你们,而具体怎样生活我无法干预,就像你们的国际足联不可能代替球员去射门或者铲球,是相同的道理。"

"这么说,你把规则制定完毕之后,就抛弃了我们?"

"不要这么忘恩负义,我没有抛弃你们,是你们抛弃了我。我并非没有责任,毕竟是创造者,在创造的时候,为了使这个世界更加有趣更加丰富,我给你们注入了灵魂,而这个灵魂是我身上的东西,是我的灵魂的一部分,也是我的身上唯一我无法完全控制的一部分。就是因为这样,才出现了你们抛弃了我,自成一派的情况。但是请注意,我一直在用你们的语言和你们的概念和你对话,只有这样,对话才能进行,可是有些概念极不准确,我没有办法,一旦准确你就听不懂了,包括我现在的样貌,也是为了让你感觉更舒服一点,不知道效果如何,确实用了心,才选了这样的造型。这么说不算冒犯你吧。"

"这么说,你也无法预测未来?"

"是,我连现状都改变不了,更不能够预测未来,未来是你们自己写的。不过已经实际发生的事情我都知道。"

"你知道发生在我身上的所有事情?"

"所有。包括发生在你父亲身上的事情,发生在你姑姑身上的事情,发生在你现在女友穆天宁身上的事情,还有发生在你的朋友安歌身上的事情。"

"安歌在哪?"我站了起来。

他示意我坐下,说:"知道这件事对你很重要,但是我还不能说,只能告诉你放心,她还没到对岸。不是故意消遣你,而是关于安歌的事情是我们要谈的合同里面的东西。"

"那现在就谈合同吧,到底是什么样的合同?"安歌果然还活着,我差点大声喊出来:你果然还活着!三十岁了吧,活着就很好啊!

"很好,那就来谈合同。你需要去一趟台北,帮我找一座教堂,这座教堂不简单,是台北最高的建筑。"他从抽屉里拿出看样子是合同文本的东西,可竟然有《辞海》《辞源》那么厚，摆在我面前。那个抽屉看来应有尽有。

"怎么这样厚？"我翻了几页。

"合同嘛，当然要严谨一点，而且和一般的合同比起来，我们这个相当复杂，能考虑到的我都写在上面了。你可以慢慢看，需要点酒吗？"

"不需要。为什么是台北，我这人从小到大几乎没出过山海关，还有，虽然我对台北知之甚少，可也知道台北最高的建筑是101大楼，难道最近又盖了一座比101还高的教堂，怎么一点消息也没有？"我把合同书合上了。

"这个嘛，天吾，我不能再多讲，你的使命一定要发生在台北，不是伦敦，不是耶路撒冷，不是北京，只能在台北，别的地方对你我都没有意义，而且使命本身就是找到这座台北最高的教堂，只有这些，如果讲的太多，你就找不到了。"

"这叫什么话？当然是线索越多越好。"

"知道你是警察，不过这次和破案是两码事。请你务必相信我，因为我也很想让你找到，此事对我也有很大的意义。"

"对我的意义何在？这个可以说吗？"

"当然。你有权知道。一旦你找到了教堂，就会解开安歌失踪的秘密，至少是这样。"

"至少是这样？还有别的吗？"

"可能有，可能没有，我无法预料，但是没有的可能性更大,以其他觉醒者的经验看。灵魂的不可控性,记得吧?"

"我有多长时间?"

"通常来说,我们把觉醒者派下去,存活的时间是一百个小时左右,或多或少有点误差,不过误差的范围不会超过十五分钟。"

"你的意思是,我到台北,活一百个钟头,就会再死一次。"

"是,死亡方式千差万别,但是一定会死。我知道死的滋味不很好受,以往的觉醒者无论使命完成与否,绝大多数到了一百小时还赖着不走,当然这是没有用处的,以我的角度看,与其遭遇飞来横祸以乱七八糟的样子死去,还不如自杀,要体面很好。我也知道这是很难的,万一还能活下去呢?侥幸心理是你们常有的东西,我能够理解。所以,因为你现在还没有签字,你可以选择放弃觉醒者的使命,我可以马上叫人把你载到对岸,一点问题也没有。觉醒者只是比一般人多一个选择,明白吧。"

我翻到合同书的最后一页,找到了乙方两个字,说,笔呢?

中年人把笔递给我说:"不用再考虑了?合同你可以再细看看。"

"不用。"

在写上我的名字之前,我忽然说:会有向导吗?

"向导？"

"是，向导。毕竟台北太陌生，人生地不熟。"

"你这个年轻人，不过向导确实可能会有一个，暗号什么的也有。具体一会再来讲吧。"说完，他指了指我面前的合同。

九　淡水河和太平洋

赶回宾馆的时候已时近傍晚,黄昏从各个角落渗进来。两个人一路匆匆赶路,没怎么说话,好像急行军一样向宾馆挺进,因为经过了一个白天,小久的消失已经进入了质变的阶段,所谓质变即是不但作为人的样貌正在急速地融解在背景里,说话的声音也正在减小,身上的衣服也跟着正在消融,好像阳光下水写的字迹。漂流瓶拿在李天吾手里,还没有打开,写着诗的纸放在他的口袋里,看起来似乎所有小久穿戴或者携带的东西都会消失,为了以防万一,这两样就放在了李天吾这里。

收拾东西,赶快。小久进入房间之前对李天吾说。

李天吾其实没有什么东西需要收拾,除了几件换洗的内衣内裤。他用带来的手提包把内衣内裤装好,警校时候一样习惯性地叠好被子,去隔壁敲了敲小久的房门。

没锁。小久在里面说。

推门进去,李天吾看见了平生所见过的最大的拉杆箱。

看上去装一个李天吾在里面也毫无问题。小久正费力地把身体压在箱子上，一手去拉拉链。李天吾蹲下帮她拉好。

"谢谢你。"小久喘着气说，"现在做什么来着？对啦，写字。"

小久坐到桌子旁边，拿了一张宾馆的便签写着：您好，这里面有三条长裙，三条短裙，一条连衣裙，三条牛仔裤，四件休闲T－SHIRT，一套运动套装和四双鞋子。

写到这里，她抬起头说：你有没有东西要捐？

"捐？捐给谁？"

"当然是捐给需要的人。还是要带走？"

"那我也捐吧，只是都是些小东西，而且很私人，不知道可不可以。"

"当然可以啦，手提包都可以捐的，怕什么。只是不要放钱进去，会把事情搞复杂，懂吧？"

小久接过李天吾的手提包，把里面的内衣内裤拿出来逐个叠好放在自己的衣物上。

她忽然站起来说：差点忘了，剪子剪子。说完跑进卫生间里面，拿了把看来是自己准备好的理发剪。蹲在箱子旁边开始剪头发。

"喂，现在剪头发？"

"是啊，头发也可以捐出去，有些癌症病人需要假发的。不过你的不行，太短了，我的刚刚好。"

十五分钟过去，小久把自己的头发几乎剪光，挑出完整的部分用头绳捆好,放在李天吾的手提包里,剪子也放了进去。李天吾在她后面把地上的头发碎屑扫入了垃圾桶里。头发一旦脱离了小久的身体,就变回了浓密黝黑的样子。

"如果不是我的心脏有毛病,捐的不只是这些。"小久蹲在地上继续写字,在一一列出了箱内的东西,包括两条男士内裤,和三捆十八岁女生的黑色头发之后,小久写道:就是这些啦,请务必捐给需要的人,给您添麻烦了,小久会保佑您的。

她拿着写好的便签在桌子上摆了几次,终于摆在自认为最醒目的地方。然后把手提箱立起,拉到书桌旁。面对着桌子上面的镜子,小久用了几秒钟端详自己。"果然是要消失了,努力看也看不清楚了。不知道短发的样子怎么样。"她自言自语说。

"很不错。"

"看得见?"

"嗯,旁观者清。"

"算你会说话。现在,"她蹲下打开桌子下面的柜门,拿出相册和一个陶瓷坛。"我们出发吧。"

"这是什么?"李天吾接过白色的坛子说。

"不认识?骨灰坛啊。"

李天吾吓了一跳,虽然死尸见过无数,可是亲手抱着骨灰坛还是头一遭。就算明明知道,自己很快也要死掉,手里拿着烧成灰的别人还是有点古怪。

"怎么会有个骨灰坛在这里?一直在你房间?"

"麻烦你拿着先,车上说。"小久把相册装进准备好的塑料袋,放进李天吾手里,拉着李天吾走出了房门。房门在身后轻声关牢了。

"你好啊,我们去哪里?"计程车司机问。一位五十几岁的中年人,头发花白了,不过花白得很干净。穿着计程车司机的制服,他在自己的右手边,也就是车的档位上面做了一个简易的铁架,里面用剪掉嘴的塑料瓶养了一束百合花。收音机里放着邓丽君的《在水一方》。我愿逆流而上,依偎在她身旁。她唱着。

"原来香气是这么来的。"李天吾心想。

"先生,去忠孝桥。"小久说。

"先生,我们去哪里?"司机没有发动汽车。

"忠孝桥。"李天吾明白,司机没有听见小久讲话。

"好的。忠孝桥。"司机踩下油门。

"你能听见我吗?"小久贴着李天吾的耳朵说,李天吾感到小久的下巴放在了他的肩膀上。

"还听得见,其实,也看得见一点。所以不要做鬼脸了你。"李天吾扭头看着小久的眼睛说。

"先生,跟我说话?"司机一边开着,一边对着后视镜说。

"没有。我这人喜欢自言自语,说实话,确实是有点毛病,小时候受过刺激,虽然知道这样不对,可还是觉得有看不见的人在身边和我聊天,总觉得不和他们说话有些失礼似的。打扰你了吧。"李天吾诚恳地说。

"没事啦。"司机抬起一只手摆了摆,"我母亲死了三十年,有时候我也会觉得她在我身边想让我陪他聊天,可是说什么也听不清她在讲什么。只能把自己的情况说一说。你能听见?"

"惭愧。确实听得见。"

"那就讲好啦,很了不起。当我不存在吧,没关系的。"他伸手把音乐声调小了一点,开始专心听歌开车。

"说谎话你倒是很拿手啊,小吾。"小久说。

"不算吧,有很大的真实的成分。"

"想知道骨灰坛哪来的?"

"当然,这东西不是说抱就能安心抱在手里的,总得给抱着的人讲讲来龙去脉。"

计程车司机轻轻跟着收音机里的歌声哼唱起来,虽然嗓音沙哑,高音区也若有若无,可音准极准,情真意切,自己面无表情,他人却几乎听之落泪。李天吾觉得,这样的水准灌张唱片也没什么问题,至少他自己愿意去买一张。开出租车的人能唱这么好,恐怕自己开车的时候也不会烦闷吧。

"这坛骨灰呢,是一位老伯送我的。"小久说。

"是他留给你的还是送给你的?"

"送给我的。他住眷村,人很好,像这个司机大哥一样也很会唱歌,也喜欢讲故事,每次讲到累了,就说今天解散,改天再说。不过是三级贫户,不识字,胳膊上刺的字自己知道是什么,但是不认得,背下来的。"

"什么字?"

"杀朱拔毛。因为不识字,我就帮他写信,给云南的亲人,虽然他几乎没有钱,可是还是要想办法给内地的亲人寄去一点。我有时候也从家里偷些钱,给他用,那时候才发现偷东西不是很难的事情,一个人只要想偷,都会成为高手。他上了年纪,八十几岁,一个人住,打仗的时候腿受了伤,下床很困难了。在我发现自己正在消失的时候,去看了他,跟他说我要出远门,很久不会来了,问他还有没有什么事情需要我做,比如可以再帮他写封信或者照张照片寄过去。他说,不用,亲人很久没回信了,再写也没什么意义。然后拿出了这个骨灰坛送给我,拜托我如果方便,帮他撒进大海里。"

"那这里面的骨灰是谁的呢?"

"他的一位战友,和他很要好。到了台湾没多久就死了,骨灰他一直留着。他说他一直记得这个战友,四方脸,身材不高,可是穿上军装很威风,认识很多字,也真的相信三民主义。只是死得太早了,没有被日本人和共军打死,倒是到了台湾水土不服拉肚子拉死了,很可惜。他说,在撤退的时候,我们叫转进啦,两个人趴在战壕里,共军的炮灰越来越近了,然后突然停了,用大喇叭喊话。他是想投降的,战友说,不行,我们有一天会回来的,到时候你怎么办?那个夜晚很长,喇叭一直不停地叫,第二天天亮就要总攻,战友看他很害怕,就给他唱一首家乡的小曲,他才不害怕了,睡了一会,第二天一早,竟然顶住了共军的猛攻,不过后来阵地还是失守了,他们活下来,继续向南跑了。"

"我们是要把骨灰撒进大海吗?"

小久没有回答,而是说:"想听那首小曲吗?那天老伯教我唱了。"

"当然想啊,还用说。"

小久在他耳边唱道:

> 月儿明风儿静
>
> 树叶儿遮窗棂啊
>
> 蛐蛐儿叫铮铮
>
> 好比那琴弦儿声啊
>
> 琴声儿轻
>
> 调儿动听
>
> 摇篮轻摆动
>
> 娘的宝宝闭上眼睛
>
> 睡了那个睡在梦中

"我听过。"李天吾说。

"听过?哪里听过?"

李天吾忽然发觉,一缕遗失的记忆好像大石头下面的溪水一样流出来,小吾,小吾,随后一个声音在他耳边唱起歌,一只大手拍着他,房间里点着泥炉子,炉子上的水开了,冒着热气。窗户上都是冰花。

"我父亲唱给我的。"

"你父亲也会唱?"

"应该没错,好像都记起来了。那个死去的老兵姓什么?"

"姓林。"

"你确定?"

"确定。老伯叫他大林哥。和你有关系,这个老兵?"

"没有,没那么巧。只是忽然想起来问了一下。"

"喂,我才发觉好像你从来没跟我讲过你的故事耶。"

"我没什么故事,平平淡淡长到三十岁,还是你的故事有趣,好像小说一样。对啦,你写的小说呢,从来没看过。"

"带着呢。有机会给我讲讲你的故事,如何?"

"有机会的话,会讲给你。"李天吾紧紧地抱住骨灰罐,好像自己身体的一部分。

"先生，前面就是忠孝桥了。我们是要去新北市还是哪里？"司机问。

"上桥停车就好。"小久说。

"上桥停车就好。"李天吾说。

"好的。"上了桥，司机把车停在了人行道边。

把计价费上显示的钱数递给司机之后，李天吾忽然说："师傅，想把钱包送给你。"

"什么话？送我钱包干嘛？"

"租一间录音室，去灌一张唱片玩玩，真的觉得你唱歌唱得好。"

"唱歌嘛，从小就会，不过说到底是性格原因，搞不了那种事，到了这个年纪，开计程车的时候偶尔唱给客人听，当然要挑客人的，能得到称赞，已经很开心了，钱包还是收回去。你这么年轻，口音也是内地人，不是专程到这里自杀的吧？这里是自杀圣地。"

"不是不是，说什么也不会杀死自己，就算有一天死了，也不是跳河死的。"

"那就好了。淹死的滋味可不好受。和你说话的是一个女生？"

"是。"

"很年轻吧。"

"十八岁，台北人。"

"我的女儿也差不多这么大，每天呱噪个不得了。要有点耐心才好。"

"耐心有的,只是她的耐心好像不怎么够。"

"说的是,不过男人嘛,总要多做一些。再见了。"

天已经黑了,忠孝桥上亮起了灯。这天的月亮很好,也能看见星星,猎户座,大熊座,在千年不变的位置上亮出自己。小久已经几乎完全溶解在黑暗里,沉默着,不过手还放在李天吾的胳膊上,拉着他往前走。大约走了五百米,差不多到了桥的中央。

"就在这里吧。现在我们看看漂流瓶里是什么吧。"

"早说要看,非要等到现在。"李天吾把骨灰坛放在地上,然后把漂流瓶的木塞拔掉,拿出那卷纸。

"我觉得,只有在这里看才对,在别的地方看会是两种不同的东西。"小久坚定地说。

漂流瓶的里面非常干爽,木塞看起来是用小刀依照瓶口的尺寸仔细削成,严丝合缝,所以没有钻进去一滴水。解开细麻绳,把纸展开,李天吾知道他找到了老板要找的东西,也找到了自己要找的东西。他掏出钱包,拿出里面的那张纸,过去了十二年,那张纸已经微微变黄,上面的铅笔字也变得模糊不清,需要仔细辨认才能看出写的什么。不过没有关系,这张纸对于李天吾来说再熟悉不过,就算不小心遭火化为灰烬,他也可以马上找一支2B铅笔再写一张一模一样的出来。两张纸是一样的,准确地说,都是四开的演算草纸。漂流瓶里的那张上面，用铅笔画了一幅画，不得不说，技巧相当简单，线条也经常起伏不定，而且全无立体感，所有图案都在平面上解决，但是这丝毫不影响这是一幅相当奇妙的作品，而且如果李天吾没看错的话，画上的东西他也曾见过。是一座教堂，是老板的教堂。在浩瀚的水面上，矗立着他曾经走进的那座石头教堂，高耸入云，塔尖隐没在纸张的边缘，塔尖稍下一点的位置是那个钟盘，指针指着六点十八分。再向下是长方形的教堂主体，雕刻着四种动物的图案，老虎、犀牛、海豚和斑马，这些动物的表情看起来都有些低落，因为他们不同程度地受了伤。老虎正在回头寻找自己消失不见的尾巴，犀牛用一只前蹄捂着自己鼻子上的犄角，海豚的一只鳍折断了，看样子已经搁浅在沙滩上，斑马的一只脚踩在了锯齿状的捕兽器里，好像在引颈嘶鸣。动物的下面，是人们。全都裸着，不过和动物不同，都是两人一组，一共四组。一个女人跪在男人面前，男人用手扇她的耳光。两个男人在扭打，其中一个用手里的刀刺中了另一个人的胸口。两个女人脸贴着脸，好像很亲密，可是各自的手里都握着一块石头。最后一幅是一个男人和一个襁褓里的婴儿，婴儿在地上哭泣，而男人则在旁边梳头。人们的底下是一个十字架，画面唯一稍具立体感的东西，十字架用两根粗树枝搭成，树枝的上面还有叶子。十字架的底下是一张办公桌，桌子上面点着一根蜡烛，快要燃尽了，烛泪顺着桌子边缘流下来。蜡烛的旁边画着一双手,看不出是男人的手还是女手的手,捧着一本书,书上没有名字,从厚度上看,已经看到了最后几页。桌子底下露出一双脚,没有穿鞋,也没有穿袜子,画得相当粗糙,看不出是男人的脚还是女人的脚。双脚的下面,石门之上,写着八个简体汉字:昼夜交替,永无停息。

在这座宏伟建筑的旁边,也就是泛着微波的水面上,站着一个小女孩,梳着两根垂肩的辫子,背着双肩书包,正抬头看着教堂。与其说正在欣赏教堂上的浮雕和教堂本身的伟岸,不如说正在迟疑是不是要走进去。在教堂旁边,高度和石门差不多,画着另一座建筑,一半在水里,一半在水上,从水上的部分看,细长的避雷针和塔式的结构,那是台北101大楼。如果从常识的角度出发,画上的这两座建筑应该是建在隐没在水底的岛屿上面,不过和李天吾到过的那个地方一样,常识在这里似乎起不了多少作用,下面是一艘船或者空无一物也未可知。

李天吾懂得这幅画的含义,或者换句话说,他看到了教堂的里面。里面是一座望不到边的图书馆,大得好像一座城市一样,一排一排的书架如同海浪,都摆满了书。图书馆里有无数的动物,无数的人们,犀牛帮老虎找到了尾巴,海豚帮犀牛舔着伤口,老虎帮斑马逃出了陷阱,斑马帮海豚回到了水中。残缺的人们手拿着工具,修理着对方,有的用斧子劈着对方的脑袋,有的用螺丝刀拧着对方的胸膛,忙得不亦乐乎。一个秃顶的中年人穿着对襟的毛衣,带着皮带的手表,坐在图书馆中间的大书桌上看书,书桌上只有一根蜡烛,把图书馆照得如同白昼,书桌上还有一台老式的留声机,转动着黑胶碟,放着《Over the rainbow》。他的桌子上放了一整瓶威士忌,摆着无数的杯子,动物和人们休息的时候,就坐在他旁边喝酒看书,那瓶酒怎么喝也喝不完。

天宁啊,李天吾心里只有一个念头,天宁啊,我的使命达成了,我的梦魇,我的命运结束了,我的朋友用她的方式捍卫了我。真希望没有我的时候,你也能想办法把自己修好,在一望无际的海上,你千万要拉紧了帆,只要这样,无论有多大的风雨,你和你的船也不会沉没。最要紧的,是拉紧自己的帆。

"小吾,再照一张相吧。"小久说,如同风声一样。

李天吾把画卷好,放回漂流瓶,写着《希望是带有羽毛之物》的纸也放进去,木塞塞好。把漂流瓶、骨灰坛、相册放在小久的脚边,然后拿起相机。小久已经完全看不到了,只有灯下的忠孝桥和淡水河的河水。不过李天吾知道她在那里,就在这些东西的中间。他按下了快门。

"你说启恩他会不会答应我只在台北里走走?"

"会的。为了你他一定会答应的。台北很多地方啊,到处走走会很有意思。"

"相册送给你做纪念。不要丢了,去哪里都要带着,照些相放进去。"

"好。谢谢你小久。真的很喜欢这个相册。"

"小吾?"

"嗯?"

"虽然不知道消失之后会到哪里去,不过有可能的话,我会回到你身边。也许会找你陪我聊天,让你听我唱歌,不害怕吧?"

"不害怕,我们是朋友。很难忘的经历,永远都会记着。随时来找我。"

"说话算话,如果你敢忘了我,我就会要你好看。现在把骨灰撒进河里面吧,大海去不了,河也通向海。"

李天吾就着夜色,把骨灰撒进了河里,请务必把他带到他想去的地方,他在心里默默对河说。然后把骨灰坛也丢进了河里。扑通一声,什么也看不见了。

"好了。"李天吾说。

没有人回答。

"小久?"他轻轻喊了一声。

小久消失了。他环顾四周,没有小久了,只有星星点点亮着的台北城。

关于小久,李天吾不确定自己到底了解多少,她的父母是怎样的人,是混蛋还是只是无法相处的好人,为什么她没有想要留下和父母的照片,她消失之后去了哪里,是升入了天空还是进入了谁的心里还是附着在城市的腠理,这些他都无法确定。可是了解一个人到底需要多少东西呢？他相信自己应该已经了解了小久，他知道她到底是怎样的一个人。他抬头看了看天上的月亮，觉得今晚的月亮离他特别近。

拂晓时分，月亮隐去了。李天吾看了看表，然后活动了活动已经在桥边坐得发麻的脚，合好相册，拿上漂流瓶，没有多少犹豫，跳进了淡水河里。

十　介入者的使命

李天吾坐在车厢里，看着老汉想要发笑。老汉还是那个老汉，头发和胡子还是没有理，只是穿上了列车员的制服，手里握着方向盘。头上的帽子歪戴着，不是故意要显俏皮，而是头发太多，把帽子顶歪了。李天吾摸完了身上，枪，手铐，钱包都在，相册和漂流瓶没有了。漂流瓶倒没什么需要担心，理应放回海里，相册哪里去了？也让河水冲走了？冲到了海里？

"知道我的相册哪里去了吗？"李天吾问。

"去问老板，上次告诉你的事情难道忘了，我什么也不知道，只是个船夫。"

"船夫怎么穿成这个样子？"

"忘记了，现在已经是司机，老板一声令下，摇了一辈子的桨就换成了方向盘。"老汉摇摇头，把手上的汗在制服上擦了擦。

"是不是不喜欢，毕竟火车和木船差得实在太多。"

"喜欢极了，觉得自己天生就是个火车驾驶员。好心载你，想让我关禁闭是不是？"

"没那个意思。喜欢就好。我们这是去哪里？"李天吾向车窗外望了望，大水还是大水，只是大水上面铺了一条铁轨，一直绵延向天际线，似乎没有尽头。火车头顶上冒着黑烟。

"当然是去办公室。觉醒者回来，老板一定要找你聊聊的。"老汉目不转睛盯着前方，和新手司机一样的表情。

"谢谢你来接我。"

"这还像句话。本来不是我，自己申请的。"

"你还记得我？以为你每天运人，早把我忘了。"

"没那么糊涂，特别的几个还是记得住。而且你上次说要再见我，我想来想去，不能不来。"

"我说过？"

"我掉头的时候，你挥手说，再会。忘了？"

"没忘，能再见到你真的很高兴。"

"不要说客套话了，办公室马上就到。这趟事情办得怎么样？"

"办好了。"

"办好了是什么意思？这一趟去了好几天，怎么只用三个字？"

"办好了的意思就是，我可以去对岸了。"

"死而无憾？"

"遗憾还是有，和这次办事没关系，那个世界还有挂念的人。不过既然早知道回不去了，也算是没有遗憾的一趟旅行。"

"上次就知道你这小子机灵了，果然没看错。只是回不回得去，好像还不能这么早下结论。"办公室的尖顶和钟盘已经在云端了。

"没明白你的意思。"

"不算泄密，手册上白纸黑字写着。完成使命的觉醒者可以介入，我一个做工的，不知道介入的意思，可是想也想得到，不会是马上把你送到对岸去那么简单。"

"还有这回事，怪不得合同搞那么厚，看也看不完。老板这人实在不是个诚实的人。"

"也许是为你好，况且最终的解释权也在老板手里，劝你还是心平气和一点。到了。"

李天吾下了水。背对着石门，冲老汉摆了摆手。老汉把头从车窗伸出来说："不要说再会。你可能要去别的地方。"

"但是终究要回来的，是吧。"

"那倒是。"

"到时候还是想见到你。"

"如果这样的话，再会。"

"再会。"

说完，李天吾转身进了旋转门。

门里面的景象在李天吾的意料之中，相互帮助的动物，相互修理的人们，城市一样的图书馆，老板点着蜡烛，坐在桌旁边看书，酒瓶摆在旁边。虽说如此，可看到脑海中的图像变成真实的场景，还是被其震撼，因为实在是太广阔的图书馆，太多的动物，太多的人们。和他在铅笔画中看到的景象略有不同的是，桌子上摆的不是留声机，而是组合音响，放的也不是《Over the rainbow》，而是台北的教堂里，孩子们唱的那首圣诗。

"回来了？"老板示意李天吾坐在他对面，放下书说。

"回来了。"

"感觉怎么样？"

"应该是完成了吧，至少对于我来说如此。"

"对于我来说也是如此，不过问你的不是这个，这个已经知道了，办公室的感觉如何？"

"很好，基本上差不多。只是组合音响是不是太浮夸了一点？"

"人各有所好，我也有权利按照自己的喜好稍微调整一下吧？"老板给两人倒上了酒。威士忌和科罗娜啤酒。

"包括放的圣诗？你不是上帝，怎么还要听对上帝的赞美？"

"不是是不是，级别差不多，听听歌颂也没什么不好。还是要说，你这次事情做得非常不错，抛开你从中受益的部分，我本人非常感谢。"说完喝了一大口威士忌，李天吾也喝了半杯啤酒，然后继续看着老板的眼睛。

"不用瞪我，知道你在等着什么，开火车的人多嘴，也没有办法，他明知道我听得见还要说，看来真的是怕你吃亏。"

"会关他禁闭吗？"

"用不着，他不说我也会告诉你，所以是多嘴嘛。现在来谈介入。"老板把那本合同拿了出来。

"第一，要说的是，当初我确实隐瞒了关于介入的事情，如果告诉了你，这次的使命很可能完不成，相信你可以理解。第二，你这次去台北，虽然使命完成得十分漂亮，可是也造成了一些麻烦，比如拿枪指着别人的头和压门撬锁，不过你不用担心，这些东西会被台北这座城市自动吸收消化，而且你，李天吾这个人很快会被这座城市遗忘。第三，请你尊重我一些，我的力量比你想象的强大，上次见面有谦虚的成分，也是为了你能更好地完成我们的使命。这几点清楚了吗，李天吾先生？"

"清楚了。我要说的是，我的所有思考和所有行为都基于你提供给我的信息，所以无论你到底是怎样的人，出于什么样的目的，拥有怎样的力量，是否撒谎，我都会诚恳地面对你，这是我的原则，相信你也清楚这点。"

"很好，很清楚。下面可以谈介入的事情了。"老板关掉了音响，用手指调大了蜡烛的火焰。"我们的世界原则上说除了死亡这一条路径是不会相连的，就像是天空和大地，隔着无法逾越的距离。但是天空可以下雨下雪，这是天空和大地相接触的方式。我们两个世界除了死亡之外相接触的唯一方式就是觉醒者，完成使命的觉醒者，这些觉醒者可以像雨滴一样回到大地，对大地施加影响，这就叫做介入。"

"是对觉醒者的奖励吗？"

"不完全是。更多的是现实层面的考虑，因为完成使命的觉醒者和失败的觉醒者灵魂所携带的信息不同。这个我不想多讲，因为讲了你也不会记得。总之，你现在得到了回到原来世界的机会。而且因为你相对优异的表现，你灵魂中的信息相对丰富，这也就使你获得了更多的机会，你可以选择你回到现实的方式，或者换句话说，你可以选择回到哪里。"老板指着合同上一处条款说。

"任意选择回到的地点，方式？"

"当然不是，没那么不得了。有三个地方可以选择，这三个地方都可以完成我通过你对现实世界的介入，别的地方没法完成。安歌身边，台北市，原来的地方。只有这三个，你也可以选择不回去，如果你厌倦了的话，虽然我不喜欢这个选择，可是还是要提醒你你可以转身出去到对岸永远休息。想知道安歌在哪吗？生活得怎么样？为了你更公平的选择，可以告诉你。"

"不用，"李天吾简洁的说。"我回去之后，还记得过去发生的所有事情吗？"

"不错，问到了关键。如果你回到安歌身边，时间轴会有变化，你会回到十六岁和她相遇的时候，醒来的地点我看一下。"老板用手指向下寻找着相应的条款，

"地点是你们高中的教室，你在用安歌的CD听莫扎特的《安魂曲》，睡着了。你回去的时候，十六岁的你就会醒来。当时的所有其他事情，包括你的家庭，她的家庭，你们的学校，墙上的黑板，周围的同学都不会变化，你只是回到十六岁的你，仅此而已。如果你选择回到台北，时间是现在没错，不过你的身份会有变化，你会成为一名台北国中国文老师，教国中二年级，名字还是李天吾，三十岁，外省人第三代，祖父是军人。妻子是一个小有名气的舞团的舞蹈演员，叫林美惠。你们在台北大安区租了一间公寓。正在要小孩。如果你回到原来的地方，S市郊的水潭边，你还是你，内地警察，被人扔进水潭，只是没有淹死，五天之后浮了上来，躺在岸边。下面来说关于记忆的部分，无论你选择那一个方案，和你所处身份不相符的记忆，关于我的记忆，关于觉醒者和使命的记忆都会锁上，注意，不是消失，是锁上。锁上的意思是埋藏在你记忆的最深处，你不会察觉，也许某句话，某个手势，某段文字，某段歌声会让你感觉异样，不过你不会想起来到底是为什么。它会在记忆的最深处支配你的某些行为和决定，这也是介入的意义所在。而让这些记忆留存的方式是存档，也就是如果你选择回去，签字之后，我会给你纸笔，你把你

认为重要的记忆写下来,存在我这里,我会帮你整理好放在书架上。这样你就不会把他们忘记,他们就进入了你的内心深处。关于介入的事情明白了吗?"

"我离开的这几天,原来的地方有变化吗?"

"你离开了五天时间,蒋不凡死了,你已经知道,中了两枪之后被埋在坑里。除了上次跟你说的那几个,没有再死人,对方的计划已经完成了,只是关于你的部分他们也在寻找,因为你的尸体没有找到,不知所终。在这五天快结束的时候,大约是你把那个骨灰坛的骨灰倒入淡水河的时候,你的父亲因为脑出血复发去世了,不过在去世之前,他变回了一生中最漂亮的样子。你的姑姑还在昏迷,但病情在好转,肿瘤没有扩散,崭新的细胞在脑袋里面生长,不久就会醒过来。你母亲病倒了,没有大碍,只是过于焦虑悲痛,犯了高血压,天旋地转而已,不会致命。穆天宁四天五夜没怎么睡觉,到处张贴印着你照片的寻人启事,还经常去你失踪的水潭边寻找,是唯一坚信你还没死的人。就是这些了。"老板从合同上抬起头说。

"父亲去世了。"李天吾心想,"父亲去世了。"

"如果我回到我十六岁的时候,我还会遇见天宁吗,我的父亲还会生病去世吗,蒋不凡他们……"

"抱歉打断你一下。这些我并不清楚,超出了我的能力范围,这是真的,没有谦虚。尤其是穆天宁的部分,未来你会遇见谁,那完全是你的事情,谁也决定不了。可能你永远不会遇见她,可能你遇见她,在某个地方擦肩而过,你会突然有所感觉,但是说不清楚那是什么,然后她就消失掉。也许你们会成为朋友,到底是在一个城市里面生活,又是同龄人,这样的几率也有,不过很可能那个穆天宁不是你所记得的穆天宁,因为你的不同,她也不同了,这么说能明白吗?"

"好像可以明白。"

"关于你父亲,因为你这个人的关系,不是因为你帮我完成了使命,单纯因为你这个人,我愿意提醒你。以我的经验,他已经得到了不错的结局,不错的含义你应该了解,可能更好,也可能更坏,更坏的可能性更大。而关于蒋不凡这些人,包括那个小女孩,变数很多,三言两语无法说清,概括来说,更好和更坏的机会几乎均等。虽然对于未来我无法确定,但是对于过去我无所不知,这点我想你知道,所以你可以把这个当作一个活了很久的老邻居给你的建议。"

"也明白了。我在台北遇见的女孩小久,我还能再见到她吗?在这三种可能性里面。"

"不能。她消失了。"

"去了对岸吗?"

"当然没有。说过了,她消失了。"

"既没有活着,也没有死去?"

"为什么老是听不懂我的话呢?消失了就是消失了,你再也不可能见到她，仅此而已，还要说几遍才懂呢？"

"她送给我的相册不见了，是不是在你手里？"

"越来越过分了，竟然怀疑我拿你的东西。你抱着相册和漂流瓶跳进河里，在你失去知觉之后，松开手，两样东西当然给冲走了。我这样的人难道会偷你的东西不成？"

"漂流瓶我确实是松开了手，它应该回到大海里的。可相册我记得我一直紧紧抱着，应该不会记错。"

"你这小子，是不是要搜我的身？"老板从书桌后面站起来，下半身什么也没穿，怪不得脚上也没有袜子。

"虽然是警察，也不会动不动就去搜别人，既然你说没拿，那就算了。知道那本相册很重要就好了，如果看见一定还给我。"李天吾听从老汉的建议，心平气和地说。

老板坐下，用手理了理那几根头发，说："虽然这么多年来，经常被人怀疑，各个方面，但是被人当面怀疑，感觉还是不怎么好。还有，准确的说，现在的你是警察，而不是你是警察，两码事。不说这个，你有决定了吗？"

"有了。但是想先把记忆存上，感觉一旦把决定说出口，一些记忆就会模糊。"

老板把纸笔推给天吾："不得不说，你比我想象的聪明一点，但是我还没有听见你的决定，不能完全下结论。存档这东西，请务必真实，如果你擅自篡改，无论你选择哪一种生活都会出现极大的不确定性，具体的原因我想你清楚，人生的协调性问题。"

"按道理说，我写的你应该都知道。"

"我知道发生的事，但是无法知道其中包含的意志。而意识的力量甚至能扭曲现实。这就是我的极限。所以你的记忆以你的手记为准。"老板又给自己倒了杯威士忌，拿在嘴边说。

存档这东西，请务必真实，如果你擅自篡改，无论你选择哪一种生活都会出现极大的不确定性，他刚才是这么说的，不确定性。他已有了决定，并把自己的决定在心里反复想着，也许那算不上篡改，也许他能够获得更多的结局。他想着穆天宁，想着关于她的一切，他从未想到，就要失去她会是这么一种切中要害的痛苦，同时他也发现了他拥有过真正的眷恋。两种同时发生却相互撕咬的情绪使眼泪从他的眼角流出来，浑圆如豆，一直流过下巴，滴在纸上。只能这么做，他拧开了钢笔帽。

十一　最后的存档

风吹动着枯草和枯草上的积雪。是南风。远处传来火车经过的声音，车轮碾压着铁轨的缝隙，哐当哐当，钢铁之间的语言。哪里飘来百合花的气味？可确实是百合花，如同南方清晨一样的香气。天空正中一个亮堂堂的太阳，没有云彩，好像给拖把拖过一样的洁净的天空，如同透明而无限的水。更远的地方传来城市的喧嚣，挖土机，吉普车，中央空调，电脑，手机发出的喧嚣。也有人的声音，脚步声，匆匆赶路的脚步声，去寻找，去丢失，去获取，去偷窃的脚步声。在这些声音中间，似乎有人在呼唤我的名字。

我坐了起来，身边的水潭起着轻微的波澜，一条瘦小的黑鱼从水潭中跳起来，又落入水中。再没有动静，不知游去了哪里。也许水潭里只有这一条鱼吧。我把腰上的枪掏出来，应该没有问题，和身上的衣服一样，已经干了，子弹全都好好的，扣动扳机就可以射到五百米以外，只是数量上少了一颗，什么时候开了一枪呢，怎么也想不起来。把枪放回枪套，我发现自己的嘴里已没有手帕，手腕也活动自如，记得手腕给拧断了的。伤疤，脸上的伤疤当然还在，两个岛屿一样的深坑。这不是我掉入的那个水潭，应该是那更大的一个，到底还是从那个洞口游了过来，手腕的事情可能是幻觉，深冬的时候掉入冰冷的水里，拼命游想要活下来，产生个把错觉并不令人意外。奇怪，脚上穿着一双红色的跑步鞋，我记得出门的时候穿的是黑色皮鞋，似乎我从没买过这个颜色的鞋子，难道是慌忙之间把天宁的鞋子穿了出来？可是大小怎么刚刚好，奇怪。也搞不懂为什么那些人都不见了，难道是我们的人赶来了？或者是因为火光？一定有什么原因吧，不过活下来总是好的，而且没有受伤。我发现身边不远处有一本相册，封面很漂亮，是一座雄伟的教堂，但也只是雄伟的教堂而已，没什么特别，可能是德国或者意大利那种名胜之地。翻开里面，一张照片也没有，空空如也，整本相册落满了灰尘，有几页纸骨折断坏掉了，没有坏掉的也都发黄或者有虫蛀的痕迹。主人觉得相册旧了，把照片拿出去，空相册丢在这里，应该是这么回事。也许是因为经过一番生死，也许是因为在水里泡了太久脑袋里面有点潮湿，我的脑海中飘过了许多思绪，安歌这个人，也许真的找不到了，当警察当到现在，差点死了两次，也没有找到她的下落，其实一直找下去也不是什么困难的事情，胆怯是一点也没有的。只是我意识到此中的关键是安歌本人也许并没有躲藏，只是不停地走在路上，想把世界看个遍，现在可能南极北极库页岛斐济都去过了，还是不去打扰她为好，也许某一天她会走回来，走到我面前，背着书包，一幅从没离开过的样子。朋友就是如此吧，各自在各自的生活中前行，想起对方来就找个时间一起坐坐，不用每时每刻都清楚对方的状况。我哪也不去，就在这里等她，她想找我的时候就给她找到，也许也算是捍卫她的一种方式。如果她正过着她想要的生活，就活在她最喜爱的时光里，那就如此下去也许没什么不好，就算找到她，知道的也许并不会比这个多。至于当警察这件事，说什么也要一直做下去，蒋不凡交代的事情，没有忘记。也许总有一天会死，给渡到对岸去，那些人不会善罢甘休，这次让我走脱，很快就会再来。可是人都会死的，没什么大不了，况且对方是不是善罢甘休和我的关系实在不大，正好我也要去找那些人，那些力量，分个胜负？也许不应该这么说，更准确的说法是努力清扫，努力照亮一间黑屋。屋子里的黑暗无穷无尽，就算把所有的灯点亮，也无济于事，以我这么多年所见来看，黑暗吞没一个人简直就如同打个响指那么简单，或者说，我也曾经是黑暗的一部分，可就算如此，就算黑暗曾经渗进了自己，就算手中除了有一支手电筒，别无他物，恐怕也要照着巴掌大的一块地方在这里慢慢打扫，用那一点光照亮自己，照亮前路。这是我的使命，作为一个人的使命，不是因为别的，一长串的大道理什么的，只是因为我是一个人，这屋子是我的居所，我亲人的居所，所以就要这么做。台北，怎么忽然想到了台北这座城市，我觉得莫名其妙，孤岛上的东方都市。八十岁去阿尔卑斯山以前，也许可以三十岁的时候和天宁先去一次台北，完全没有缘由，就是想要去一次，看看那些和我们一样的人在怎么生活，那是一个什么样的房间，对台北的好奇心突然占据了我的内心里，成为了一件非做不可的事情。和天宁一起去台北。一座类似于灯塔的东西在我心里一闪而过。

"李天吾，你这个混蛋，给我出来。"是天宁的声音，已经沙哑了，在至少三百米之外，土丘挡着，还看不见她的人。

"我在这。"我站起来喊道。

"李天吾，你再不出来，我就马上把你忘了，说话算话。快出来。再说最后一次。"天宁没有听见我的话，向另一方向走去。

"小吾，还不赶紧追过去，追到赶快跪下认错就对了。"一个声音说。

"跪下不用吧，认错倒是十分应该。"我准备迈开步子。

"相册不要？"

"是啊，相册还可以用，没有完全坏掉，去台北可以照些照片放进去。丢掉可惜了。"我捡起虫蛀的相册，手枪掏出来拿在手里，向天宁的方向追了过去。

我知道，我永远不会忘记你。永远不会的。

后　记

　　大概是2012年年初，我拿到台北市的一笔资助，开始准备一个叫做《融城记》的故事（发表和出版时更名为《天吾手记》）。我写作较晚，二十七岁才写了自己第一部像小说的小说，觉得有意思，二十八岁又写了一个。当时我在银行工作，不用穿西装，不过衬衫不宜太皱，这和我的性格颇不符，不过从没动过辞职的念头，因为从我记事起，做的事情与自己性格完全相符的并不多，于是也不太愿意深究自己的性格为何，这似乎并不重要，尤其对于生存来说。不过在二十七岁那年的年中，因为写了一篇小说，开始重新认识自己的性格，原来如此，经常在写作的时候冒出这种念头。二十八岁写的第二个小说便从自己的童年写起，前所未有地关注自己，并没构思，就是一路写下来，费了不少功夫。但是并没有感到特别吃力，因为自己嘛，总是有可说的东西，人对自己的兴趣不需要太多的构思。这个叫做《融城记》的故事却是先有了一个梗概，一个隐约的主题，一个叫做台北的城市，才写起。不光是资助的限制，主要是自己想试试新的方法。准备的过程较长，之前之后的小说从没有这么准备过。2012年8月我辞掉工作，我在台湾的两个朋友专程飞来沈阳，在我这里住了四十天，每天在我家楼下的星巴克给我讲故事，我用一个红色大本记录，晚上整理冥想，第二天再讲再记。动笔写时已经入冬，我搬进新房子，空空荡荡，钱都交了首付，没有家具，唯一可用的是前房主留下一张修长的铁桌子，布满锈斑。我和我的女朋友（后来的妻子）就在这铁桌子上工作。因为长，所以互不干扰，可是冷，那年的供暖不好，可能是地热堵了，当时并不知道，就硬挺着写下去，穿着大衣，不停地喝热水。写了三个月写完，中途有几次梗概无法执行，思路像地热一样堵塞，就带上帽子手套出去看下棋。离我家不远，有一个修车摊子，中间一个铁炉，燃着柴火，几个老人围在那下象棋。他们和我一样，拥有的东西不多，时间，炉火，棋盘。这三个月中其中一个老人死了，他用的茶杯在他死前送给了另一个老人，还有一个老人突然暴瘦下去，以为他也要死了，结果过了两天又再出现，脸上多了几块老年斑，思维还像过去一样灵活，也还像过去一样总爱悔棋，蛮不讲理。有时在那站着，雪落棋盘，脚渐渐失去知觉，想到了一个点子，就走回家记下，晚上写出来。

这个故事不太完美，主要是不太圆融，有点拧巴。当时迷恋村上春树，追求趣味，有时过头，有点轻浮。但是现在回头读，有些段落会令自己发笑，那是一种刚刚写作，对一切文字的安排都感到好奇的时候，竟也写出了一些现在无论如何也写不出来的局部。我去过两次台北，都是领奖，对这个城市很有感情，主要是认识了一些朋友。阅读这个小说的时候，他们的面庞就会浮现，因为就认识那么几个台湾人，所有台湾人物都是从他们身上的某几个部分凑出来的，在文字里定格，成为一种奇异的形象，永远不能磨灭，不容遗忘。我的妻子在当时还不是我的妻子，可是倾其全力坐在我旁边，陪我挨冻，终于冻在了一起，开化的时节也无法分开，我把她的一些微小的细节也写了进去，经过了我的变形和隐匿，几乎无法确认，不过我自己还是知道。所以这是一部跟朋友和爱人有关的小说，从这点说，我对它的感情十分特殊，就像是在最寒冷的冬日我在驿站升起一炉火，几人围炉而坐，烤着地瓜聊着闲话，心里又都知道，明早还要远行。

感谢李喻婷小姐和邱少辰先生（当时他们是类似于情侣的好友，现在婚期已近）对我的帮助，感谢台北市文化局对我的信任，也感谢那几个不怕冷的老人，我敬佩他们度过每一天的方式。最后要感谢我的家乡每年准时提供的寒冷本身，因为这寒冷使我更加坚定地去靠近某种温暖的东西。

双雪涛

2016.3.15